ファーストコール3
～童貞外科医、年下ヤクザの嫁にされそうです！～

谷崎トルク 著

Illustration
ハル

エクレア文庫

CONTENTS

登場人物紹介

高《たか》良《ら》惣《そう》太《た》

33歳童貞、柏洋大学医学部付属病院勤務の外科医で若き整形外科《オルト》のエース。

患者

命の恩人
&
一目惚れ♥

伊《い》武《ぶ》征一郎《せいいちろう》

31歳、関東一円を牛耳る三郷会系伊武組の御曹司であり若頭、極道界のサラブレッド。

ファーストコール3

～童貞外科医、年下ヤクザの嫁にされそうです！～

1. 穏やかな始まり

惣太《そうた》はその日、久しぶりに実家の和菓子屋である霽月堂《せいげつどう》を訪れていた。店は三歳年上の兄、凌太《りょうた》が継ぎ、両親と兄夫婦、六歳になる姪っ子がここで生活をしている。惣太が二階の自宅から一階の店舗に下りると、着流し姿の男性が目に入った。

長身で恰幅がいい。髪は薄くないが白髪交じりのオールバックで、還暦を過ぎているように見える。大木のような威厳と風格があり、ラフな着物姿が板についていた。

この界隈——日本橋を贔屓にしている噺家か何かだろうか。

着物の生地の張り感や独特の光沢から白大島だと分かった。単衣に仕立てられた大島は、梅雨が終わり、これから夏を迎える間にぴったりの選択だが、普通の男性なら泥染めや藍染めの紬を着る。男で白物を着るのはそれなりの貫禄が必要だが、目の前の男は白大島を堂々と着こなしていた。これならきっと高座の時の黒紋付も似合うだろう。

「いつもありがとうございます」

兄が藍色の紙袋を男に差し出した。どうやら常連客のようだ。

「また月の終わり頃にな」

「はい。よろしくお願い致します」

兄が頭を下げると男性は店舗の出入り口に向かった。

自動ドアが開く瞬間、男と目が合った気がした。

なんとなく気になった惣太は、その背中を見送った後、兄に尋ねた。

「常連さんなの？」

「ああ。ここ半年ぐらいでよく来てくれるようになったんだ」

「落語家さんかな」

「かもしれないな。いつも生菓子をたくさん買ってくれるからありがたいよ」

ふと扉の近くに目をやると床に何か落ちているのが見えた。

「あ……ハンカチかな。俺、届けてくる。兄ちゃん、またな」

「ああ。これ持っていけ。おまえも仕事頑張れよ」

「ありがと」

惣太は兄からお土産の紙袋を受け取ると、急いでハンカチを拾い、男の背中を追い掛けた。

店を出て商店街の小道を走ろうとすると、男が待ち構えていたかのように足を止めた。ゆっくりとこちらを振り返る。

——あれ？

その瞬間、前にどこかで会ったような気がした。

眉と目に見覚えがある。

理由は分からないが胸が微かに騒いだ。

「あの……ハンカチ、落とされましたよ」

惣太が近づいて差し出すと男は笑顔でそれを受け取った。

「霽月堂さんのご子息か。店主の彼とよく似ているな」

「……あ、はい。いつもご贔屓にして頂いて、ありがとうございます」

「礼を言うのはこっちだ」

「え？」

「ハンカチだよ」

男はハンカチを軽く指差すと微笑んで袂に入れた。

「うん。可愛いな……」

「え？」

「いや、拾ってくれてありがとう。感謝するよ」

男はもう一度、微笑むと、ゆっくりと踵を返して商店街の奥へ消えた。

男の後ろ姿を見送った後、惣太は商店街の周辺をのんびり歩いた。この辺りは土地の再開発が進み、アーケード型の商店街は姿を消したが、由緒のある店が路面に向かって並んでいる。

ふと漆器店のショーウインドーが目に入った。この店は創業八十年以上続く、椀や塗り箸の専門店で、漆器の他にも湯呑みや箸置きなどが並んでいた。

——夫婦《めおと》椀に夫婦箸か……。

大きさの違う椀と箸が寄り添うように置かれている。

いいなと思いつつ、あることを思い出していた。

この頃、伊武がなんでもお揃いにしてくるので困っている。

パジャマをはじめ、部屋着にスリッパ、マグカップに歯ブラシ、小物なんかもそうだ。時計や革靴、ネクタイはもちろん、スマホカバーやイヤホンまで勝手にお揃いにされてしまった。

困るのは私服で、伊武とお揃いのコーディネイトにされると、自分まで完全な経済ヤクザになるため、それだけはなんとか免れている。伊武にモテモテ愛されコーデでも、見た目がギラギラの極道コレクションでは病院に行けない。髪型だってゆるふわ系の愛されパーマじゃなくてアイパーの方が似合ってしまうような服装なのだ。

――愛は感じるけど、なんかマーキングみたいなんだよな……。

伊武は関東一円を牛耳る伊武組の若頭でれっきとしたヤクザだが、ロマンチストの情熱家だ。恋人の惣太に対して贈り物をしては一喜一憂し、恋の本気度をアピールしてくる。尽くすのが好きなのか、寂しがり屋なのか分からないが、なんでもお揃いにしたがって、惣太の持ち物が他の誰かとお揃いだと分かると、目の色を変えて嫉妬してくる。そんな伊武の一途でやきもち焼きな所に、惣太は少しだけ困っていた。

動物のマーキングは「これは自分のもの」「ここは自分の縄張り」と、他に対して自分の所有を示す行為だが、伊武は惣太の体を己の縄張りだと思っているのだろうか。

――俺の体はシマじゃないのにな。

ぼんやり夫婦椀を眺めていると後ろから声を掛けられた。なんだろうと思って振り返ると、田中が立っていて驚いた。

「惣太さん、実家っすか？」

「……ああ、そうなんだ。今、行ってきた所。田中は買い物か？」

「いや、買い物じゃなくて地回り……でもなくて、ええと、ただの巡回っす。この辺りで悪事を働く輩がいないか監視してるんです」

監視？　意味がよく分からないが頷いておいた。

「そうだ。もう仕事終わったんで一緒にお茶でもどうっすか？」

「え？　……まあ、いいけど」

田中は惣太の様子を見ると急に笑い出した。

「惣太さん、やっぱ可愛いっすね。腰を屈めて、真剣な表情で夫婦茶碗見たりして。こんな食器とかでもやっぱ、若頭《カシラ》とお揃いがいいんですね。はは、可愛いなあ。カシラと仲良くご飯食べてる所でも想像してたんですか？　ホント、ヤバいっすよ、それ。おでこがガラスにくっつきそうでしたよ。健気で一途で、マジ可愛い。もうこれは愛っすね、愛」

「…………」

田中は白い歯を見せてニイッと微笑んだ。

――別にそんなふうに見てたわけじゃないけど。

自分の体がシマのように扱われてまんじりとしていたとは言えない。曖昧な顔で誤魔化していると、田中が何か思いついたのか漆器店の中へ入っていった。店主と何やら話をしている。しばらくすると袋を持って出てきた。

「これお揃いの夫婦箸です。俺、金ないんで茶碗や湯呑みは買えませんけど、これなら大丈夫なんで。二人で仲良く使って下さいね」

「あ、ありがとう」

プレゼントしてくれたのだと分かり、胸が熱くなる。田中は優しい。かつては喧嘩に明け暮れていた不良少年だったようだが、今は伊武の部下として懸命に働いている。裏表のない素直な男で、伊武も弟のように可愛がっていた。

惣太は礼を言い、受け取ったお箸をそっと紙袋の中へ入れた。


田中がこの近くにある甘味処のパフェをどうしても食べたいというので、二人で店に入った。休日のせいか、中は家族連れやカップルで混雑しており、席がほとんど埋まっていた。和三盆と爽やかな抹茶の匂いがする。店員に案内されて奥の二人掛けの席に座った。

「ここの抹茶パフェ、マジで美味いんすよ。惣太さんも、ぜひ。——あ、これです、これ」

向かい側に腰を下ろした田中が笑顔でメニューを見せてくる。どうやらここは、お茶の専門店が経営している和カフェのようで、パフェ以外にもわらび餅やお団子、ほうじ茶のかき氷などもあった。田中の勧めで抹茶パフェを注文する。

「最近、カシラとどうですか？　相変わらずラブラブですか？」

「ラブラブ……うーん。どうだろう」

「カシラはそろそろ一緒に暮らしたいとか言ってましたけど」

「……うん」

惣太はそのことでも頭を悩ませていた。伊武は今すぐにでも結婚したいという。伊武組の本宅に離れを造り、そこで暮らす計画を立てているようだ。過去に本人から綿密な人生設計を見せられたこともあった。

別に嫌なわけではない。

伊武のことは大好きだ。ずっと一緒にいたいと思う。

これまでも、これからも、伊武以外に好きな人は現れないし、一生を共にしたいと思っている。

本音を言えば自分の方がずっと好きなくらいだ。

ただ、まだ心の準備ができていない。

伊武のことが好きすぎて周りがよく見えていない。こんなに好きで、顔を合わせているだけでドキドキするのに、二十四時間一緒にいたら自分はどうなってしまうんだろうと思う。好きという気持ちを抱えているだけで精一杯の状況なのだ。

突然、『激務の整形外科医　急死！』の文字が頭に浮かんだ。違う。原因は過労の急死ではなくただのキュン死だ。

——ああ、もう……。

一緒に暮らすとは己の全てを見せることだ。

自分は完璧な人間ではない。

休日は何もしないでカワウソのように両手を挙げ、裏向いて寝ている。当直明けの寝顔は多分、白目で相当なブサイクだ。

嫌われたりしないだろうかと心配になる。

家族にもまだ伊武との交際については話していない。特に自分のことを溺愛している真面目な兄にそれを告げるのが憂鬱だ。

惣太はもうしばらくの間、普通の恋人として過ごすことを望んでいた。

「惣太さん？」

「ああ。一緒にはいたいけど……嫌われたりしないか心配なんだ。ずっと一緒にいると誰だって欠点が見えてくるだろ？　それが怖いんだ。伊武さんはああ見えてちゃんとした大人だし」

「え？　惣太さん、そんなこと心配してるんですか？」

「おかしいかな？」

「おかしいっていうか、ありえないんすけど。カシラが惣太さんのことを嫌うとか」

「……うーん。どうだろう」

「ないですって。絶対にないです。天と地が引っくり返ってもありえないっすよ。カシラは惣太さんにぞっこんですから」

田中が身を乗り出してくる。

「昨日もそうでしたよ。カシラは惣太さんをスマホの待ち受けにしてるんですけど、暇があると惣太さんの画像を俺に見せてくるんすよ。『どうだ、可愛いだろう？』とか言いながら。『これが昨日の先生で、これが今週で一番可愛かった先生。先月のも、先々月のもあるぞ』とかって見せてくるんすけど、俺、その違いが分かんないんすよね。どれも同じに見えて。けど、カシラの中では明確な違いがあるらしくて、ベストショットを俺にチラ見せしてくるんです。けど、その画像をグループラインやインスタには絶対に上げないんすよね。なんか惣太さんを独占したいみたいで」

「……そ、そうなんだ」

「ですよ。この前なんか惣太さんの笑顔の写真をデジタルでは飽き足らず、タペストリーにして部屋に飾るとか言ってましたよ。ベッドの上の天井に張ればいつも目が合うとかなんとか。そのうち、銅像とかも作るんじゃないですかね。はは」

笑い事じゃない。絶対にやめてほしい。銅像どころかタペストリーも全力で阻止する。

「とにかく、デロデロのメロメロなんで、嫌われるとか気にしなくていいっすよ。それより、あのヤバいくらいの独占欲の方を気にした方がいいっす。カシラは何かあるとすぐにジェラってくるんで」

田中は覚えてますよねと続けた。

「二人で行った『極甘天国』のツーショット写真。あれなんか俺の顔の所だけ上手にくり抜かれて、顔出しパネルみたいになったんすよ。観光地で写真を撮る、あの板みたいなやつです」

「知らなかった」

惣太は思わず吹き出した。仕事が細かい。

極甘天国は田中が勧めてくれたスイーツ食べ放題の店で、男二人で行ったら店員が記念にポラロイド写真を撮ってくれたのだ。田中が写真を持って帰ったのだが、そんなことになっていたとは知らなかった。

「惣太さんとお揃いのミニチュアストラップも、気がついたら本宅のドーベルマンに喰われてなくなってるし、俺はそっちの方が心配です」

「はあ……」

言葉が出ない。

「俺はもっと惣太さんと仲良くしたいんすけど、カシラがそれを許してくれないんで。あ、でも、また一緒にご飯食べに行きましょうね。いっぱい食べる惣太さんを見てると、なんか幸せな気分になるんで。そうそう、ミントティーとレモンタルトが美味い店が表参道にあるんすよ。絶対、一緒に行きましょうね」

田中オススメの抹茶パフェは驚くほど美味かった。茶葉の入ったアイスやムースはもちろん、抹茶のカステラやもちもちの玉露ゼリーも入っていて、緑茶の味が濃く、喉越しも爽やかだった。伊武にも食べさせてあげたいと思う。

「そうだ写真撮ってもいいですか?」

「いいけど」

「よかった。――あ、俺と一緒に、もうちょい顔近づけて」

「こうか?」

「いいっすね」

田中とツーショットを撮影する。惣太は自然と笑顔になっていた。同じように店内のあちこちでも楽しそうなスイーツの撮影会が行われていた。


一日の用事を済ませた所で伊武から連絡があった。今日はマンションに来てほしいと言う。惣太は田中と別れて伊武の部屋に向かった。

部屋へ入ると入口に大きなトランクが積み重なっていた。なんだろうと思っていると、伊武が声を掛けてきた。

「明日から数日間、また先生と一緒にいられるな」

「え？　これって……入院準備ですか？」

「そうだ。明日、松岡と田中が取りに来てくれる」

伊武は鼻歌交じりにトランクの蓋を閉め、次のケースを重ねていく。その姿を横目で見ながら惣太は溜息をついた。

伊武は明日から数日間、骨折治療で使用した髄内釘《ずいないてい》の抜釘手術のため柏洋大学医学部付属病院に入院する予定だ。もちろんそのオペを執刀するのは担当医の惣太だが、伊武は二度目の入院生活が楽しみで仕方がないようだ。

「やっぱり、やめましょうか？」

「ん？　なんでだ」

「……いえ」

昨今では日本も海外に倣って骨折手術で入れた金属を体内に留置したままにするケースが多く、特に高齢者では抜去しないことがほとんどだ。髄内釘で使うチタンは人体と親和性が高いため、他の金属に比べてリスクも少なく、そのままにしていても問題ない。当然、抜去しないという選択肢もあるのだ。

「また白衣を着ている先生を毎日見られるのか。ああ、幸せだな」

「………」

伊武は自分の年齢とこれからの生活を考えて抜釘を選択した。けれど一番の理由は、働いている惣太に会えるチャンスを逃したくない、ということだろう。伊武はこの所、いつ入院できるのかとワクワクしながらスケジュール調整をしていた。その上、抜釘したチタンを加工してお揃いの指輪にしたいという。二人が出会った貴重な〝証〟だからと。

発想が斜め上すぎてついていけない。

体内から取り出した金属をマリッジリングにするなんて初めて聞いた。

――本当にやるつもりだろうか?

伊武ならやりかねないと思っていると、不意に後ろから体を抱き締められた。

「オペしたらしばらくできないよな?」

「……………」

質問の意味は分かっている。けれど、答えるのが恥ずかしくて惣太は下を向いた。

「ん？　耳の後ろが真っ赤だぞ」

「いじめないで下さい」

「いじめてない。可愛がっているだけだ」

バックハグは表情が見えない分、相手の体温や匂いを強く感じてしまう。

伊武の呼吸音や心拍の高鳴りを察知して、同じように自分の体が熱くなった。そんな惣太を愛おしいと言うかのように、背後からほっぺたにすりすりされる。

「先生のほっぺは相変わらず柔らかいな。出来立てのすあまみたいだ」

伊武の頬はなめした革のような感触で心地いい。夕方になるとわずかに生えてくる髭の気配も好きだった。頬をくっつけているだけなのに幸せな気持ちになる。

「今日はどうしようか」

「……どうって」

「答えられないか？」

質問のようで質問ではない。伊武が楽しんでいるのが分かる。

「誰も見たことのない、俺だけが知っている顔を見たい」

「そんなのないですし……電気はちゃんと消します」

「どうしてだ？」

暗いと怖いだろう？　と変な誘導をしてくる。

背後から腕を伸ばした伊武が、惣太のシャツのボタンに手を掛けてくる。よく見えないはずなのに凄く器用だ。甘い声で囁きながら次々とボタンを外していく。

「先生の体は綺麗だ。真っ白でさらさらで、どこも小さくて可愛い。全部、愛おしくてたまらない。ああ、ここを触ったら尖ってピンク色になるかな」

開いたシャツの隙間から手を滑り込まされる。すぐに乳首を見つけられて摘まれた。指先で潰すように愛撫される。

「あっ……」

それだけで熱を持った乳首が甘く痺れて、快感がじわりと滲み出る。扱かれるたびに放射状の快楽が全身へ広がっていく。

どうしてだろうと思う。

伊武とはもう何度も体を重ねているのに、この行為に一つも慣れない。毎回、きちんと恥ずかしく、快感が増すたびに羞恥心も募っていく。

気持ちがよくて、恥ずかしくて、たまらない。

でも、こんなふうに触られただけですぐに欲しくなる。

——溺れてるのかな……。

どこまで行くんだろうと思い、どこまでも行ってしまうんだろうと思う。

歯止めの利かない自分が怖くてたまらないのに、気持ちよくて幸せで、ずっとこうしていたいと願ってしまう。心臓は走ってズキズキと痛むのに、体はふわふわしている。

「先生……」

「……んっ」

耳のカーブに優しく口づけられて、好きだと囁かれる。そのままボトムを脱がされて、耳の穴に熱い舌を入れられながら、内腿を優しく撫で上げられた。

体温が上がる。

服を脱がされる、ただそれだけの行為に深い愛情を感じる。身に着けた布を一枚取ることでさえ伊武から施されたら甘い愛撫なのだ。

「先生の耳、外側は冷たいのに、内側は熱いな。形が綺麗でずっと舐めていたくなる」

言葉と吐息と舌で責められる。

もう訳が分からない。真っ直ぐ立っていられない。

不意に伊武が笑う声が聞こえた。

「可愛いな。自分でつかんだのか?」

気がつくと勃起した自分のものを右手でぎゅっと握っていた。伊武の愛撫が気持ちよすぎて、快感で先走りそうな体を無意識のうちに止めようとしていたようだ。

「ほら、放すんだ。自分では駄目だ。俺が全部するから。先生にはさせない。触らせない」

「だって、これは……」

「先生を達《い》かせるのも、感じさせるのも、全部俺だ」

「でも――」

「俺じゃないと駄目だ」

「そんな」

「今日からオナニーも禁止だ。一緒に暮らしたらそれも必要ないだろう」

自分の先走りで濡れた手を外される。お互いの指の間から艶めいたピンク色の亀頭が見えて、その卑猥さにドキリとする。

「全部俺がする。何もかもだ」

先生は俺のものだからなと、囁かれながら抱き上げられた。そのままリビングを出て寝室まで運ばれ、ベッドの上に寝かされる。体がシーツに心地よく沈んだ。

——あ……。

前髪を上げられておでこにキスされる。

じっと見つめられた。

「俺の手で達くか、俺のもので達くか、中に出されて泣きながら達くか、どれがいい？」

そんなのは選べない。

絶対に選べない。

だって、全部だから。

全部、何もかも伊武の言う通りだから。

覆いかぶさってくる伊武の首に腕を回して応える。

惣太ができるのはただ一つ。好きと言うことだけだ——。

2. 天使降臨

「では、髄内釘の抜釘手術を行います」

柏洋大学医学部付属病院の中央手術部にある特別なオペ室——バイオクリーンルームに惣太の声が響いた。伊武は昨日の午後に入院し、抜釘手術に向けて患部と胸部のX線や血液検査、心電図や肺機能の検査を無事に終わらせていた。

伊武はトラックの事故で右脚の脛骨《けいこつ》と腓骨《ひこつ》を骨折し、この病院のERに運ばれてきた。当時は膝から下の周辺組織まで損傷を受け、一部は挫滅状態だった。惣太の処置で四肢切断《アンプタ》にならずに済んだが、髄内釘で脛骨を固定後も腓骨や周辺組織を保護するためのシーネ固定が必要なほどの重傷だった。

——綺麗に治ったな。

伊武はオペ後から驚異的な回復力をみせ、入院中は車椅子で惣太を追い掛け回すほど元気になった。

——今考えれば、本当におかしな出会いだったな。

思い返して薄っすらと笑みがこぼれる。

ヤクザの御曹司である伊武と整形外科医である惣太の出会い。

それは運命であり、違う意味での大事故でもあった。

オペを執刀しただけなのに好きだと言われて追い掛け回された。嫁になってくれとプロポーズされた。強引に唇を奪われて、キラキラした目で未来を語られた。与えられたのはたくさんの言葉とプレゼント、そして、溢れるほどの愛。けれど——気がついたら好きになっていた。伊武色に染まっていた。

そして、あの事件。

惣太の実家である和菓子屋の買収騒ぎで、窮地に立たされた商店街を救ってくれたのが伊武だった。バイアウトファンドの社長である投資家の一面を使って、海外資本のハゲタカファンドから実家を守ってくれたのだ。まさにホワイトナイト、家族にとっても惣太にとっても伊武は白馬の騎士になった。

それから色々ありつつも、二人は固い絆で結ばれた恋人同士として毎日、幸せに過ごしている。絆である運命の赤い糸が固結びされすぎている気がしないでもないが、まあ構わない。

あれから一年、なんて幸せな一年だったのだろう。

伊武の骨の癒合が二人の絆の強さにも思えてくる。

「ステンレスハンマー頂戴」

「はい」

器械出しのオペ看である水名に声を掛けると、ラテックス手袋の上にちょうどいい角度でハンマーの柄を置かれた。

抜釘手術は髄内釘にアタッチメントを接続してハンマーで叩き、ネイルを引き抜く処置を行う。出血量が多いオペのため、普通の人が見たらホラー映画さながらの地獄絵図だろうが、惣太にとってはこれが通常運転だ。

「伊武さん音、大丈夫ですかね」

「すぐ終わるから大丈夫だろう。今の所、大人しいね」

「ですね」

水名がクスっと笑う声が聞こえる。

前回の髄内釘を固定するオペでは硬膜外麻酔と吸引による全身麻酔のため意識はなかったが、今回の抜釘手術では脊髄くも膜下麻酔と呼ばれる脊椎麻酔のため意識はバリバリにある。今も伊武は惣太の様子をカーテンの向こうから必死にうかがっているようだ。

「伊武さん、頭、動かさないで下さいね」

処置をしながら声を掛ける。

脊椎麻酔の術中・術後に頭を動かすと髄液の急降下で酷い頭痛が起こることがある。麻酔をした穴から漏れる髄液の減少で脳圧が下がってしまうためだ。

寝ている伊武は胸の前にあるカーテンのせいで下半身の様子が見えない。けれど、惣太からは全てが見えていた。

「アタッチメントの位置大丈夫?」

「合ってます」

「じゃあ、行きます」

伊武と目が合った。囚われのヤクザといった感じでなんだか可愛い。

――よし、行くか！

水名と目配せする。

惣太は笑顔のまま、勢いよくステンレスハンマーを振り下ろした。


伊武のオペは無事に終わり、術後の発熱や合併症もなく、惣太は一安心した。

オペ当日は痛みが酷かったようで、伊武に強めの鎮痛剤であるペンタゾシンを使用したら「世界人類が平和でありますように」とクマのぬいぐるみに向かって祈り出して驚いた。薬が効きすぎて偽らざる本心が出たようだが、それが優しさに満ち溢れた思いで感動した。益々、伊武のことが好きになった。

――強くなった以上、弱き者の味方にならなければいけない。だから俺はヤクザをやっている。

伊武が以前、言っていた言葉がふと心に思い浮かんだ。

利己的な欲求を原動力にして生きている人間が多い現代の日本で、伊武が信念を持ってヤクザを貫いてきたのが分かる言葉だった。

凄い男だと思う。

――やっぱり、この男が好きだ。

朝の回診後、伊武が愛おしくなって抱きつこうとした所で特別室の扉が開いた。

チーッスと明るい声が聞こえる。田中だ。

「おはようございますって、あれ……お邪魔でした？」

「いや、構わない」

伊武が返事をすると、田中が頭を掻きながらベッドサイドまで近づいてきた。

「カシラが五線譜持ってきてほしいって言うんで……」

「五線譜？」

惣太が尋ねる。

「なんか壮大な曲を思いついたらしくって、タブレットじゃ間に合わないから手で書きたいって」

「それって作曲で使うやつ？」

「そうです、そうです。カシラは時々、作曲もするんすよ。バイオリンで弾く用の」

「はあ……」

惣太は気のない返事をした。

ラッパーやアーティストが薬《ヤク》をキメて作曲する話は聞いたことがあるが、術後の鎮痛剤の影響で作曲を始めるケースは初めて聞いた。トリッキーな発想に驚いていると、田中が鞄から五線譜を取り出して伊武の目の前に置いた。

「これでいいっすか？　どうぞ使って下さい」

「悪いな、ありがとう」

「全然っす。カシラのためなら、なんでもやります」

田中の純粋な目を見て、惣太は何も言えなくなった。

入院中の気晴らしになるなら作曲も……まあいいだろう。脚への負担もなく、誰にも迷惑を掛けない、いい趣味だ。意識高い系のヤクザとも言える。思う存分バイブスを上げてヤクザをクリエイトしてくれ。

伊武の全身状態は特に問題なく、惣太は診察を終えてそのまま部屋を出ようとした。

扉を開けた所で急に田中のスマホが鳴った。慌てた様子で伊武を呼ぶ。どうしたのだろう。二人とも酷く動揺している。

「あの……何かありましたか?」

惣太が尋ねると、伊武が思いつめたような表情をした。

「先生、すまない。助けてくれ」

「え?」

「本宅で甥っ子の悠仁《ゆうじん》が怪我をしたみたいなんだ。組員がパニック状態で要領を得ないが、どうやら庭で手と腕を怪我したらしい。犬に噛まれたとかなんとか」

「犬ですか?」

「そのようだ」

指を欠損するとまずい。惣太は田中からスマホを預かって通話に出た。松岡が出るかと期待したが知らない組員だった。

「はい、分かりました。……大丈夫です。すぐに連れてきて下さい。指を切断していても、腕を骨折していても、整形外科医の俺なら問題なく治せます。はい、救急車じゃなくて自家用車ですぐに運んで下さい。出血しているなら清潔なタオルで傷口を押さえて止血して。骨折しているようなら軽く固定して、痛がるようなら無理はしないで。……そうです、慌てないで。いいですね？」

惣太が指示を終えると通話が切れた。どうやら本宅にいる組員が病院まで悠仁を運んでくれるようだ。

「大丈夫だろうか……」

伊武が不安そうに口を開いた。

「うちの病院は小児のマイクロサージャリー手術ができる設備が整っています。自慢じゃないですが、俺は骨接合はもちろん四肢組織の欠損や指切断の再建手術も得意です。心配しないで下さい」

「そうだったな。俺の脚を切断せずに治してくれたのは先生だった」

「はい」

伊武はもちろん不安そうにしている田中も同時に目で励ます。

悠仁が病院に到着するまで長い時間が続いた。


「とりあえず右腕の単純X線撮《ブレーン》って2診のモニターに出して。外傷は軽い裂傷のみでそれほどの出血はないし、指も欠損していない。問題なさそうだ」

外来の看護師に声を掛ける。

泣きながら病室に入ってきた悠仁はどこから見てもまだ四歳の男児だった。涙で顔をぐしゃぐしゃにしながら鼻を垂らし、大声で泣き喚いている。痛くてたまらないといった表情で地団太を踏んでいるが、右腕は脇に着けたままだらんと下に下ろしていた。左腕は目を擦るのに必死だというのに。

——これはあれだな。

大した怪我でないことは一目で分かった。

X線の結果を見なくても分かる。肘内障《ちゅうないしょう》だ。

「あー、やっぱりそうだった？　うん、こっち連れてきて」

看護師に促されながら悠仁が外来に入ってくる。

「わぁーん」

「男の子だろう。頑張れ」

泣いている悠仁を目の前の椅子に座らせて右腕を軽くつかみ、徒手整復《としゅせいふく》する。

肘関節を強めに曲げて橈骨頭《とうこつとう》を押さえながら前腕を回内《かいない》すると可愛いクリック音がした。すぐに悠仁が泣き止む。

「治ったよ。もう痛くないね？」

「…………」

悠仁は一瞬、狐につままれたような顔をした。

「よく頑張ったね。偉かったよ」

悠仁の頭に手を置いてよしよしと髪を撫でてやる。

手の甲にあった裂傷は洗浄した後、医療用ステープラーでパチパチと数ヶ所留めた。

悠仁は涙を浮かべた顔で何が起きたのか分からずキョトンとしていた。


その日の仕事を終えて伊武の特別室に向かうと、ベッドの上に子どもが二人乗っていた。怪我で運ばれてきた悠仁と、その双子の妹である茉莉《まり》だ。話に聞いてはいたが二人は今年五歳になる二卵性双生児で、雰囲気は似ているがそれぞれ顔が違った。甥っ子の悠仁の方はどことなく伊武の面影がある。

「パパ、せんせぃがきたよ」

「パパじゃないっていつも言ってるだろ」

「じぃじがパパってよんでいいって、いってたもん」

茉莉がぷうと頰を膨らませる。伊武と双子は親子の関係ではないが家族であることは間違いないようだ。甥っ子と姪っ子ということは兄弟の子どもなのだろう。以前に姉貴の子どもだと聞いた気がする。両親は病院に来ておらず、何か事情がありそうだったが、詳しいことは二人きりの時に尋ねようと思った。

「先生、今日はありがとうございました」

病室にいた松岡から声を掛けられる。茉莉をここへ連れてきたのは松岡のようだ。

「悠仁くん、肘が抜けただけですが、家で何があったんですか？　手の甲も怪我してましたし」

惣太が松岡に尋ねると、ベッドの上にいた茉莉がぴょんと下りて近づいてきた。

「あのね、まさむねがバトルしたの。おっきなわんこと」

「マサムネ？」

「正宗は本家で飼ってるドーベルマンだ」

伊武が答えてくれる。

「ゆうじんがおにわでまさむねとあそんでたら、おっきなわんこがはいってきて、まさむねががぶってかみついたの。それでゆうじんが、あばれるまさむねのひもをひっぱったら、そのままずるってなって、ないたの。もう、たいへんだったんだから」

「なるほど。それで肘が抜けちゃったんだな。手の甲の切り傷もだ」

「すごくかわいそうだったの。いたいいたい、って。だから、たなかにでんわした」

「茉莉ちゃんが教えてくれたんだね」

「そうなの。せんせい、わかった？」

茉莉は手柄を褒められたことと説明ができた満足感からか鼻をスッと上げて「すごいでしょ？」という表情をした。得意げなその顔が凄く可愛い。

――ああ、天使だ。

ウェーブの掛かった栗色の髪と同じ薄茶色の瞳。瞬きをするたびに、びっしりと生えた睫毛が音を立てて羽ばたいているかのように見える。摘んだような鼻と赤い唇は小さく繊細で、肌はみずみずしい果物のように白く光り輝いていた。

真っ直ぐ目が合うとふにゃりと溶けてしまいそうなほど可愛い女の子だ。

「その後、犬はどうしたの？」

「ゆうじんがないて、いつのまにかいなくなってた」

「二人とも大きな犬に噛まれなかった？」

「かんだのはまさむね。ゆうじんはかまれてない。まりも」

松岡によると伊武組の本宅に侵入したその犬の姿を誰も見ていないという。騒ぎになった時にはすでにどこかへ行ってしまったようだ。まだ四歳の茉莉は〝正宗と同じくらいの大きな犬〟としか表現できず、どんな犬種かまでは分からないようだ。

「東翔会《とうしょうかい》の犬か？」

「どうでしょうか……」

伊武が敵対している組の名前を挙げると、松岡は腕を組んで唇にすっと手を当てた。

「調べておきましょうか」

「ああ、頼む」

一瞬、部屋が静かになる。その隙を縫って悠仁がベッドから下りてきた。両手を伸ばしながら惣太のもとへ近づき、何か口ごもっている。

「どうしたの？」

「……こ」

「ん？」

「だっこ」

どうやら惣太に抱っこしてほしいようだ。

「先生が怖くないの？」

無言のまま脚にしがみついてくる。痛いことをされて嫌なイメージがついたかなと思ったが、そうではないようだ。

惣太は悠仁を優しく抱き上げた。思ったよりも軽く、頼りなげな体だ。運ばれてきた時の汗が引いて子ども特有の甘い匂いがした。

「……ママ」

誰かに甘えたかったのだろう。悠仁は小さな手で惣太に抱きつきながら胸に自分の頬を擦りつける仕草をした。今年五歳になるといってもまだ幼い子どもだ。抱きながら背中をトントンしてやると落ち着いたのか静かな寝息を立て始めた。

そんな悠仁を見て茉莉が「ゆうじん、あかちゃんみたいね」と呟いた。女の子は男の子に比べて成長が早い。態度も喋り方も茉莉の方がずっと大人びて見えた。

「なんだ寝たのか？　仕方がないな」

伊武がベッドの上から悠仁を覗き込む。

「素直で可愛い子ですね」

「そうか？　悠仁はただの甘ったれだ」

「気にしないで下さい。今日は怖い目に遭って、たくさん痛い思いをして、知らない病院に運ばれた。ここまでよく頑張りましたよ。松岡さんに本宅へ送ってもらう時間までしばらく俺が抱っこしています」

腕の中の悠仁は安堵の寝顔をしていた。

黒髪が汗で額に張りついている。よく見るとすっきりとした瞼と高い鼻梁が伊武と似ていた。伊武も子どもの頃はこんなふうに甘えっ子だったのだろうか。

──可愛いな。

笑みがこぼれる。

惣太はしばらくの間、悠仁の寝顔を眺め続けた。


双子と松岡が帰った後、惣太はもう一度、伊武の特別室へ向かった。今日は当直のため、仮眠が取れる当直室へ行く前に伊武の顔を見ておきたくなったのだ。

「今日は迷惑を掛けたな」

伊武が声を掛けてくれる。

「いえ。大事に至らなくてよかったです。双子ちゃんにもようやく会えましたし」

「そうだな……」

ベッドサイドには茉莉が置いていったのか黄色い花のついた髪留めがあった。

「やはり、先生は色んな顔を持ってるんだな」

「え？ 色んな顔ですか？」

今日一日を思い出して、変顔じゃないといいけどなと思う。

「そうだ。笑顔でハンマーを振り下ろしたかと思えば、聖母のような顔で悠仁を抱き上げる。病棟ではたくさんの患者から慕われていつも笑顔だが、同時に医師としての怜悧さと厳しさも忘れてはいない。電話での指示も冷静で的確だった」

「そ……そうですか」

「どの先生も好きだ。惚れ直した。貴重な瞬間を知ることができてたまらなく嬉しい」

伊武の言葉に、また少しだけ不安になる。

自分はそんな完璧な人間じゃない。駄目な部分もたくさん持っている。伊武が知らない顔だってまだあるかもしれない。いや、当然あるだろう。

伊武は恋愛というフィルターを通してしか惣太のことを見ていない。田中はそのフィルターが取れない限り大丈夫だと言っていた。けれど、それは本当だろうか？

知らない顔が見えた時、人は裏切られたと思うものだ。

期待していた分だけ絶望は深くなる。

――なんか……怖いな。

伊武が完璧な存在だけに、余計に不安になる。

伊武は完璧な男で、大人だ。術後のせん妄中でさえ優しかった。

――そうなんだよな……。

これまで惣太は医師として少なからず人の本質に触れてきた。

どの患者も麻酔が効いたり鎮痛剤が効いたりすると人間の本能的な部分を露呈してしまう。一見、清楚な女性の言葉遣いが乱暴だったり、反対に大柄な男性がシクシク泣き出したりと、その患者が隠していた本性を見てしまうことも多くあった。そんな中、伊武は世界平和を願うくらい自己犠牲の精神に溢れた男なのだ。

自分はどうなのだろう。

伊武のように真っ直ぐで美しい心根を持っているだろうか。

——分からない。

伊武は元々、ヒューマンスケールの大きな男だ。自分とは比べられない。

「だが……可愛がられすぎもよくない」

「え？」

「先生の後をずっとつけているスーツ姿の男がいただろう？　あれはなんだ。ストーカーか？」

スーツ姿の男？　なんだろうと思ってすぐに気づいた。

「あれは製薬会社の営業マンですよ。あの人たちはドクターの後をついて回るのが仕事です。どこにでも、どこまでもついてきますよ」

「けしからんな」

「最近は強引なプロモーションが禁止されてるので事前にアポを取るMRも増えてきましたけど、大学病院《うち》ではMRに論文の資料を集めさせたりしてるドクターもいるので、一概にそれが駄目とは言えないんです」

「研修医に営業マンか……全く、目障りだな」

「え？」

「いや、いいんだ」

伊武が何かを後悔するように言葉を切った。話題を変えようと惣太は気になっていたことを尋ねてみた。

「ああ、そうだ」

「どうした？」

「双子のことなんですけど、茉莉ちゃんはどうして伊武さんをパパと呼ぶんですか？」

「ああ、そのことか」

「病院に連れてきたのは組員でしたし、二人とも両親のことを話さなかったので、ちょっと気になって」

「そうだな」

伊武は軽く頷いてみせた。

「前にも言ったことがあるが、悠仁と茉莉は姉貴が産んだ子どもだ。俺には三つ上の姉貴がいたんだが、姉貴はヤクザが嫌いで高校卒業と同時に家を飛び出してしまった。それで家族とも音信不通になった。後から知ったことだが、外に出てからはヤクザの娘であることを隠して飲食店で働いていたようだ。そこで知り合った男と一緒になって双子を授かったんだが、ある時――」

伊武がふと視線を逸らした。

「姉貴夫婦はフードトラックでケータリングサービスの仕事をしていた。その仕事の帰りに運悪く事故に巻き込まれて……二人とも亡くなってしまった。悠仁と茉莉は保育園に預けられていたおかげで無事だったんだ。姉貴は半ば駆け落ちみたいな形でその男と一緒になったらしい。当時は偽名を使っていたようだ。ヤクザの組長の娘であることを誰にも知られたくなかったんだろうな……。結局、その男の家族に事情を話すこともできず、双子はうちの組で引き取ることになった」

「そう……だったんですね」

なんとなく気づいていたが惣太は黙っていた。

「茉莉が俺をパパと呼ぶのは物心ついた時に俺が父親的な存在だったからだ。二人は二歳の時に引き取られたせいで両親の記憶がほとんどない。もちろん母親が姉貴だということは知ってるし、仏壇には毎日手を合わせている。ただ、生身の家族は俺の両親と俺と松岡や田中だと思ってる」

「呼び慣れているのはそのせいなんですね」

複雑な環境にありながら今は多くの人に愛されていることが分かって少しホッとする。伊武が育ってきた環境でのびのびと愛されて育てば悠仁と茉莉は不幸ではない。両親がいないことも悲劇や不運ではなく一つの事実として素直に受け止められるだろう。

「大変だったんですね」

「そうだな」

情感のこもった短い一言に、伊武の家族が過ごしてきた時間を想像して胸が詰まった。

「でも……今日、会ったばっかりの俺が何も偉そうなことは言えないですけど、悠仁くんの健康状態はとてもいいものでした。俺に真っ直ぐ甘えてきたのも、疲れた時や眠たい時に悠仁くんが誰かに甘え慣れている証拠です。大人が自分を受け止めてくれるんだという安心感と信頼感が彼の中にちゃんと育ってる。それは子どもにとって人に愛されてきた証のようなものです。かけがえのない宝物です」

「……そうか」

「はい」

「先生、おいで」

呼ばれて近づく。

「先生は優しいな……」

「伊武さんの方がずっと優しいです」

「益々、先生を独占したくなった。一緒に暮らして俺だけのものにしたくなった。だが、これだけ素晴らしい先生を俺だけのものにしておくのは、自分の我儘なのかもしれないな」

「…………」

「先生が好きだ」

ベッドの上からぎゅっと抱き締められる。腕がちょうど惣太の腰の位置に来て、伊武の頭を抱える形になった。

愛おしいと思う。

なんでこんなに好きなんだろう。

好きで好きでたまらない。

心が温かくなって、満たされて、幸せで泣きそうになる。

絶対に何があっても、これを失くしたくないと思う。

――だから怖いのかもしれない。

経験したことのない幸せと不安が交互にやってくる。

胸がいっぱいで苦しい。

好きすぎて苦しい。

「俺も好きです。凄く……好き」

「先生」

どうか変わらないで、と思う。

何一つ変わらないで、今が永遠に続くようにと願ってしまう。

これまでの人生で前に進むことばかり考えていた惣太には考えられないことだった。

不思議だ。

恋愛をするとこんなにも自分が変わる。

当たり前のことが当たり前でなくなって、伊武がどんどん特別になっていく。

そして、これまで知らなかった、たくさんの例外が生まれていく。

もう手に入れたのに、伊武が手の届かない所へ行ってしまう気がするのは、どうしてだろう。

不安で不安で仕方がない。

伊武もそうなのだろうか？

静かな時間が部屋を満たす。

惣太は甘酸っぱい気持ちを抱えながら伊武の旋毛にキスを落とした。

――好き……。

月の光が差す病室で愛おしい男をそっと抱き続けた。

3. 盃の行方

入院から一週間後、伊武の退院の日が来た。

久しぶりにチームドラゴンのメンバーと再会した伊武はこの入院で看護師《エージェント》たちとさらに絆を深めたようだ。惣太のいない時間を見計らっては、ナースステーションで女子会という名のミーティングを行い、新作スイーツを配りつつ新たな諜報活動に余念がないようだった。惣太の安全保障は違う意味で保たれたが本人がそれに気づくことはなかった。

双子は病棟のアイドルになり、特別室の周辺は天使だなんだと大騒ぎになった。子どもの見舞いは原則禁止されていたが、悠仁の怪我のこともあり大目に見てもらえたようだ。

松岡と田中がトランクを運び、伊武が歩いて特別室を出る。

――なんか、あっという間だったな。

看護師たちも寂しそうに手を振っている。

伊武は「また来るよ」と退院にあるまじき挨拶を返した。

ヤクザスーツが眩しくてカッコいい。眩暈がする。が、これは連日の疲れのせいだ。

――全く。

惣太はいつものように術後の伊武からリハビリと称して病棟中を追い掛け回された。相変わらずのストーカーぶりに辟易したが、しつこいMRを何人か蹴散らしてくれたのは非常にありがたかった。反対に研修医からはヤクザ屋さんの当たりがキツイんでなんとかして下さいと泣きを入れられた。

「あー、ようやく退院か。長かったなー」

伊武たちを見送りながら林田がぼそりと呟いた。

「なんだよ」

「なんだよじゃねぇだろ。あっちでもこっちでもラブラブラブラブしやがって。公認カップルだからって調子に乗るなよ」

「調子になんか乗ってない。そもそも公認ってなんだよ」

「濡れた目で愛しの若頭を見つめながらきゅんきゅん鳴きやがって、この色惚けコツメカワウソが。五分に一回、心停止《アレスト》してただろ」

なんなのだろう、この罵倒の嵐は。酷い、酷すぎる。

「全く、嫌になるぜ。病棟でヤクザが医者を追い掛けては捕ま～えた！　って、俺は一体何を見せられてたんだ」

「…………」

「おまえもちょくちょく捕まってんじゃねぇぞ。ポケモンかよ。大体、あいつはポケモンじゃなくてスジモンだろう。間違えんなよ」

SUJIMON——筋モン——なんて失礼な！　伊武は関東最大の組織暴力団・三郷会《さんごうかい》系伊武組の御

曹司で若頭だぞ。

「おまえもこれ以上の、スジモンマスター目指すなよ」

「ぬうっ」

悔しい。少しだけ林田に反論したくなった。

「その伊武さんから入院中、俺に近づくなって言われたりしたか?」

「は? それどういう意味だ」

「そうか、言われてないんだ。ゴリラは人間の雄にカウントされないんだな、うん」

「なんの話だ」

「別に」

「あー、ようやく整形外科《オルト》の病棟に安穏の日々が戻る。おまえもトランス状態から早く戻ってこいよ、全く」

「うるせぇよ」

林田と言い合いながら伊武の後ろ姿を見送る。

短い間だったが楽しかった。その分だけ寂しく感じる。

——でも、無事に終わってよかった。

抜釘を終えた脚なら、これまでよりももっと自由に動けるだろう。

惣太とこれからたくさん、病棟だけじゃなく世界中を歩める。

伊武との未来を想像して惣太は目を細めた。

「本当に行くんですか？」

「もちろんだ」

伊武の退院後、悠仁のスキンステープラーの抜鈎《ばっこう》のため、二人は目黒にある伊武組の本宅へ向かっていた。本宅とは組の総本部、つまり組長の自宅でもある。今日は組長が不在だというが、それでも緊張する。

「……お腹痛くなってきた」

「大丈夫か？　医者を呼ぼうか」

「医者です」

「そうだった……」

伊武の焦り具合も面白い。悠仁の時もそうだったが身近な人の有事になると、さすがの伊武もパニックになるようだ。

「緊張しなくていい。俺がついている」

「それは、そうですけど……」

タクシーを降りて閑静な住宅街の奥へと進む。周辺は瀟洒かつ堅牢な家々に囲まれ、物々しい雰囲気の門扉が静かに向かい合っていた。

——あそこだ。

急激に過去の記憶がよみがえる。

惣太はすれ違いから一度、伊武と疎遠になってしまったことがあった。後でお互いの勘違いと分かったが、その時は本気でもう二度と会えないと思った。どうしても元の関係に戻りたいと思った惣太は意を決してこの本家に一人で来たのだ。

一世一代の告白は成功。二人は未来を誓い合ってここで——キスした。

あの瞬間から二人の恋人としての関係が始まった。

思い出すだけでも胸がいっぱいになる。

片袖のついた数寄屋門が見える。相変わらず等間隔に並んでいる防犯カメラにも緊張が増した。

「入ってくれ」

「はい」

数寄屋門の中に入ると広い日本庭園が見えた。

打ち水のされた飛石の道が屋敷の入り口に向かって緩やかに伸びている。綺麗に剪定された庭木と青葉の浮いた手水鉢が周囲に彩を与えていた。奥にはひときわ目立つ立派な灯篭があり、凪いだ池の上に大きな太鼓橋が掛かっているのが見えた。

「凄いですね」

「そうか?」

「はい」

歩く小道の音さえ違う。玉砂利は一粒一粒手で洗われたかのように輝き、地面にグラデーションで美しい四季が表現されていた。絵葉書にしてもいいくらいだ。

「とりあえず――」

伊武がそう言った瞬間、背後に鈍い衝撃を感じた。

妙な圧迫感と獣臭い匂いがする。何かに襲われたのだろうか。

「先生！」

「ちょっ……これ」

背中の圧に耐えられなくなって、その場に崩れ落ちた。ハァハァと激しい息遣いが聞こえる。

「くそ正宗。おい、誰かこの馬鹿犬を退けろ！」

伊武が鋭い声を上げる。

人の気配がして圧から解放された。振り返ると犬の顔が見えた。

「先生が襲われた。この変態犬を奥の小屋に繋いでおけ！」

「カシラ、すみません」

「早くするんだ」

「はい！」

部屋住みの若衆だろうか。伊武の部下と思われる男が犬を退けてくれた。

悠仁の肘を抜いたのはこの犬かと眺める。ドーベルマンは普通、断耳と断尾をしているため見た目がサラブレッドのように凛々しいが、正宗は両耳をてろんと垂らし、尻尾はぶんぶん振り回し放題のナチュラルボーンな見た目をしていた。動きも表情も天然でアホ可愛い。

「汚らわしい雄だ。俺の大切な先生に襲い掛かるなんて――」

「あ、そんな、大丈夫です。子どもの頃から俺、大型犬に腰振られがちなんで」

「そうなのか？」

「はい」

人間の雌にはそれほどモテなかったが犬の雄にはモテた。現在も散歩中の大型犬に膝をつかまれて腰をカクカクされるのは日常茶飯事だ。

「全く、先生の魅力は無限大だな。種族を超えて犬にも気をつけねばならぬとは」

「へ？」

「いや――」

ふと前を見ると屋敷の前に人が向かい合って並んでいるのが見えた。どうやら二人を出迎えてくれるようだ。

「カシラ、ご苦労様です！」

「ご苦労様です！」

低い声が一斉に揃い、ヤクザ特有の挨拶に血の気が引く。極道の世界ではシノギで〝苦労〟している幹部を労うためこの言葉を使う。決して疲れているわけではないのでお疲れ様とは言わない。

ずらりと並んだ量産型ヤクザの間を抜けると「姐さん」と声を掛けられて狼狽えた。どんな対応をしたらいいのか分からず若衆の列を見返す。どの顔も治安が悪かった。

「……帰りたい」

「先生？」

ぼそりと呟くと伊武が不安そうな顔を見せた。

やはり住む世界が違う。

ヤクザの文化はもちろんだが育ってきた環境が違いすぎる。御曹司だとは聞いていたがこれほどまでとは思ってもみなかった。空気とノリが完全に極道映画の世界で、伊武が背負っているオーラもいつもと違って見えた。

「とにかく中に入ってくれ。悠仁が待っている」

「そ、そうでしたね」

物々しい雰囲気の玄関で靴を脱ぎ、玉杢《たまもく》の模様が出ている欅《けやき》の上がり框《かまち》を越える。広い玄関ホールに足を踏み入れた所で心臓が止まった。

「ヒッ！」

「どうした」

大きな鎧兜《よろいかぶと》があって驚く。元々、惣太は鎧兜が苦手だった。ぽっかり空いた目や口、妙な髭が恐ろしくて仕方がない。今にも動き出しそうな格好をしているのも嫌いだ。震えていると伊武が優しく肩を抱いてくれた。

「先生はこれが怖いんだな。覚えておこう」

長い廊下を進んで応接室のような場所に通される。屋敷の中はほぼ和室のようだったが、洋室も幾つかあるようだ。中に入ってまた息が止まった。

「と、虎が……」

「先生？」

剥製の虎が床にでーんと寝転がっている。どう見ても本物だ。頭の部分は立体的で大きく口を開けた虎が牙を剥いていた。

「こ、怖い……」

「すまない。別の部屋にしよう」

もう帰りたいと思いつつ悠仁のことがあるので帰れない。仕方がないので普段、双子が使用している和室へ案内してもらった。

和室は二十畳ほどの広さで華美な装飾や破天荒なオブジェもなく安心した。惣太を見つけた悠仁が駆け寄ってくる。その笑顔を見て初めて来てよかったと思った。

「ママ！」

「ママじゃないよ」

抱き上げると、悠仁が笑顔で甘えてきた。細くなった切れ長の目が猫のようで可愛い。

「手、もう大丈夫？」

「うん。いたくない」

「ゲジゲジ外そうね」

「うん」

笑顔の悠仁を膝の上に乗せて体を固定し、右手を軽く消毒する。

大人しくしていていい子だ。

続けてリムーバーと呼ばれる鋏のような器具で金具を挟んで外していく。

「痛くないのか?」

伊武が不安そうな顔で訊いてきた。

「これで挟むと針の真ん中が折れ曲がって角が浮き上がるようになってるんです。だからそれほど痛くはないです」

「凄いな。よくできてる」

悠仁は処置の様子を眺めながら動かないでじっとしている。

「保護用のテープを貼るね」

川の字になっているテープを縫合部分に貼って処置は終了した。悠仁が膝からぴょんと下りる。

「確かに……先生は佐有里《さゆり》さんに似てらっしゃるのかもしれませんね」

いつの間にか松岡が部屋にいて驚いた。こんにちはと挨拶する。

「そうか。似てるか?」

伊武が松岡に尋ねる。

「ええ、髪の色や目の形、柔らかい雰囲気がとても似てらっしゃいます。悠仁がママと呼んでしまうのも分かる気がします」

ふと和室の奥に目をやると仏壇が見えた。遺影には髪を緩く巻いた色白の女性が写っている。笑顔の明るい美しい女性だった。

「お姉さんは佐有里さんとおっしゃるんですね」

「ああ」

伊武に一声掛けて仏壇に手を合わせた。目元と口元が茉莉にそっくりだ。惣太とも雰囲気が似ているのかもしれない。

どんな人なのかは分からないが、家族をとても大事にしていたことだけは分かった。

ずらりと並んだ写真立てを順に覗いていく。服装はシンプルなコットンのシャツやワンピースが多く、悠仁と茉莉を抱き上げている写真では双子が傷つくことを恐れてか指輪やネイルをしていなかった。

――ものを作る人の手だ。

きっと家族や顧客に美味しい料理をたくさん作っていたのだろう。

伊武がケータリングサービスの事業を続けているのは、姉の遺志を継いでということなのかもしれない。

仕事を終わらせてそろそろ出ようかと思った所で、和室に男三人が入ってきた。お盆に湯呑みが一つだけ載っている。惣太のためにお茶を淹れてくれたようだ。

「姐さん、どうぞ」

「あ……」

どうあっても自分のステータスはすでに姐さんなんだなと思う。なんとか訂正できないだろうか。

「カシラ、犬のことで――」

リーダー格の男が伊武に目配せをする。何か話があるようだ。

伊武と悠仁の手を引いた松岡が部屋を出て、男が後に続く。部屋で残りの子分二人と惣太の三人だけになってしまった。気まずい。

「準備は順調に進んでいますか？」

突然、三人衆の片割れが話し掛けてきた。ＲＰＧのボス戦でボスの左右にいるタイプの男だ。まずこの男から倒さないと話が進まない。

「準備？」

「ええ、準備です」

なんのことだろう。分からずに首をひねる。

「婚礼の儀に向けて、結納や告期の準備はもちろん、組員や構成員に対してのお披露目会の支度も必要ですよね。姐さんは堅気の方ですから『義理かけ』については、ほとんどご存じないでしょう」

「あ、あの――」

「当然、結縁《けちえん》の執り行い方や義理場《ぎりば》での立ち居振る舞いなども、ご存じないかと。ですから、俺たちがお手伝いします」

「え？」

「分からないことがあったらなんでも訊いて下さい。お力になります」

「はあ」

とりあえずこの場をやり過ごそうと曖昧な返事をすると、すっと何かを差し出された。よく見ると名刺だった。『三郷会　伊武組　本部長付　風井隼人《かぜいはやと》』とある。もう一人は同じ役職で『雷新太《いかずちあらた》』とあった。なるほど、風神と雷神かと納得する。

「すみません。自分は今日、名刺の持ち合わせがなくて――」

「いいえ、いいんです。何かありましたらこちらへご連絡を下さい」

「……はい」

二人分の名刺を受け取ってテーブルの隅に置く。すると、風神の方が二画面あるモバイル端末を惣太の方に提示してきた。

「姐さんの名刺はどうされますか？」

「どうって……」

「貫目《かんめ》はあれですかね、若頭付か……専属医？　姐さんではないし、うーん」

風神と雷神が顔を見合わせている。

風神の見た目は細身で直毛のクールビューティー、雷神はぽっちゃりパーマのファニーフェイスで個体差がはっきりしていて属性が分かりやすい。どちらも教科書通りのヤクザで安心する。雷神の方は顔が若干文字化けしてるなと思っていると、風神がタッチペンで何か書き始めた。

「伊武組専属外科医兼若頭付、でどうですか？」

若頭付というのは秘書的なあれだろうか。確か松岡は若頭補佐と言っていた。この世界の肩書きと上下関係はよく分からない。こんなふうにヤクザ組織にナチュラルに組み込まれるのは困るなと思っていると、雷神が話し掛けてきた。

「今、護衛はどうされているんですか？」

「護衛？」

「ええ。ずっとカシラといるわけではないですよね」

「まあ、そうですけど」

「婚礼の儀まで、我々が護衛しましょうか？」

「そんな必要はないです」

風神と雷神が左右についたら俺がラスボスになってしまうだろうと、本気で焦る。それだけはなんとしても避けたい。

「自分の身は自分で守りますから大丈夫です」

「姐さんちっこいんで心配です。あ、なんかすみません」

雷神がまずいという顔をした。ちょこまかしているのは自分でも分かっているので問題ない。

「では、カシラとお揃いのドスを揃えてみては？」

「は？」

ドスってなんだろう。あのドスだろうか？

雷神の言葉を聞いた風神がモバイル画面を素早くタップする。アプリを起動させるとカタログのようなものが現れた。

「これなんかどうです？　細身のデザインで品があって綺麗です」

ドスを見せられる。やっぱりあのドスだ。想像した通り、殺傷能力の高そうな短刀の画像がずらりと並んでいた。

「姐さんには長ドスは似合わないと思うので……。あ、こちらはどうでしょう。白鞘のレディースモデルで、柄の部分にお花の刻印があって可愛いです」

白鞘……レディースモデル……お花の刻印。どれもパワーワードすぎて言葉が出ない。ドスにレディースモデルがあることも今日、初めて知った。

「白鞘だと安定しないんで使う時は柄をテーピングすることになると思うんですけど、分からなければ俺がやりますよ」

風神が巻いてくれるらしいので安心した。

凄く優しい。いや、違うだろ。ここはきっぱりと断るべきだ。

「ドスはいらないです」

「どうしてですか」

「俺、外科医なんで、やる時はメスで頸動脈をサクッと一撃で仕留めますよ」

「おー」

風神と雷神が感嘆の声を上げる。

「さすが姐さんです。カシラが惚れただけのことはある」

メスでもハンマーでもどっちもイケる。なんなら薬殺も。キリッとヤクザを仕留める姿を想像して自分の方がずっと凶悪なんじゃないかと思った。血濡れの術衣——オペ室姿のまま笑顔で外に出たら、それはもう医者じゃなくただの激ヤバサイコパスだ。

頭を振っていると伊武が戻ってきた。

「風井、近くないか？」

「え？」

「何を見てる？」

「あ、ああ。姐さんに婚礼の準備品を見て頂こうかなと」

「ふむ。それで？」

「なんか必要なかったみたいで……すみません。俺たちの勇み足でした。姐さん、小さくて可愛いのにアビリティ高いです」

風属性に褒められたと気分が上がる。反対に伊武のテンションは下がったようだ。腕を組んだ手で顎を撫でている。

「可愛いか……そうか……」

どうしたのだろう。部屋がしんとする。空気も重くなった。

「あ、そうだ」

雷神が突然、何かを思い立ったように口を開いた。風神が安堵の表情を見せる。

「姐さんに盃だけでも見て頂いたらどうですか？　組に代々伝わる貴重な盃ですし、これから様々な祝い事で使うことになるので、ぜひこの機会に」

「……そうだな。本家に来ることもそうないだろうから」

雷神はそう言うと仏壇の方へ向かった。膝をついて何かを探している。

「盃ってなんですか?」

不穏な響きを感じて惣太は伊武に質問した。すると伊武が婚礼や襲名披露の時に使うものだと教えてくれた。やっぱりヤクザって盃を交わすんだと無の境地になる。

「酒を注ぐと龍虎図が浮き上がる珍しい盃なんだ」

「へぇ」

心がこもってない返事が洩れる。

「……おかしいな」

「どうした?」

雷神の焦る声が聞こえる。

「いつもここにあるはずなんですけど――」

雷神が仏壇に設置された棚を覗き込んでいる。台のようなものを手にして首をひねっている。

「ないのか?」

「ついこの間まであったんですけど、おかしいですね」

「どういうことだ」

「分かりません」

再び、三人が黙り込んだ。

惣太に盃の価値は分からない。けれど、皆の様子を見て由々しき事態であるのは理解できた。家宝ともいえるような大切な盃がなくなってしまったようだ。

「やっぱりないです」

「組長が気づくまでに見つけないといけませんね。ですが、俺が必ず探し出します」

風神が宣言する。

とりあえず盃が見つかるまでは一連の儀式を執り行えない。

全員でしばらくの間、部屋の中を探したが見つからなかった。それぞれが最善を尽くすということで二人は本宅を後にした。


伊武のマンションに戻ってひと息つく。今日一日、色々なことがあって本当に疲れた。

体の疲れだけではない。伊武と自分の育ってきた環境の違いをまざまざと見せつけられて、今までにないカルチャーショックを受けた。

伊武が本物の御曹司だということが分かり、一筋縄ではいかないヤクザ文化の存在も思い知った。今後も伊武とやっていけるのか不安になる。

ソファーの上に死体のように転がっていると伊武が隣に来た。同じように横になって腕枕をしてくれる。疲れただろうと言って頭を撫でてくれた。

「悪かったな」

「え?」

「色々、気を遣わせただろう。悠仁のためとはいえ、風井や雷と部屋で二人きりにさせてしまって怖かっただろう」

近い距離で視線が合う。

——ああ……。

優しい目を見てやっぱりこの人が好きだと思う。

「甘えてもいいですか？」

「ん？」

「ちょっとこのまま、ぎゅってしてても？」

「もちろんだ」

伊武の脇の下から腕を入れて背中に回す。男らしく尖った肩甲骨につかまる感じで手を置いた。そのまま伊武の胸に自分の顔を伏せる。狭いソファーの上でラッコの親子のように抱き合った。じっとしていると伊武の匂いと体温を感じる。

——幸せだ。

こんなふうに一緒にいるだけで、もう何もいらないと思う。

伊武がいるだけでいい。自分といてくれるだけでいい。

あんな豪華な屋敷も、ハイブランドのスーツも、高い外車も凝った家具もいらない。入籍という契約も姐さんという立場もいらない。一緒に過ごせる時間があればそれでいい。本当にそれだけでいい。

「ずっといれますよね？」

「どうした？」

「何もなくても、こんな俺でも、ずっと一緒にいられますよね」

「こんな俺って、先生は先生だろう」

「……ん」

「俺は最初に会った時からこうすると決めていた。先生と俺は一心同体だ。生涯離れることはない」

それを聞いて安心する。

伊武の心臓の上に耳を当てて音を聞く。凄く落ち着くリズムだ。

髪を撫でる手も優しくて心地がいい。朝までずっとこうしていたい。

「ああ、そうやって目を閉じている姿が、カワウソの寝姿そのもので可愛いな。手が小さくて、笑ったような顔で、愛おしくてたまらなくなる。先生をこうやって胸に抱いたまま一日過ごせたらいいのにな」

「それじゃ、カワウソじゃなくてカンガルーですよ」

「確かにそうだが、先生を毎日、胸のポケットに入れて歩きたいな」

「俺は嫌です」

「それだといつでも頭を撫でられるぞ。こんなふうに」

優しい指先が前髪を掻き分けて額のカーブを愛でてくる。そんなふうに眉間を撫でられると、安堵からすっと寝落ちしてしまいそうになる。

「くすぐったい」

「耐えろ。グルーミングだ」

「俺は獣じゃないですよ」

「俺にとっては心を乱す悪い獣だ」

「それは悪口？」

「違う。先生は口悪だな。——ん？　爪が伸びてないか」

伊武に手を取られる。小指から一本一本丁寧に検査された。

「ちょっと欠けてる所があるな」

そう言うと伊武は爪やすりを持ってきた。爪切りで切ると二枚爪になってしまうため、伊武はいつもこうやって爪やすりでケアしてくれる。大事な外科医の手だからと。

「小さい爪が愛らしい。細くて長い指の先に珊瑚がついているようだ」

伊武が欠けた左手の小指にやすりをかけてくれる。すっすっという音が心地よく、指先に感じるわずかな熱さささえ気持ちいい。

「伊武さんは優しいなあ」

「なんだ？」

「細胞まで優しい。全部、優しい」

「それは褒めてるのか？」

「もちろん」

「優しいだけじゃないぞ」

伊武はそう言うと惣太の体を抱き上げた。そのまま浴室へ連れて行かれる。

「可愛い先生を泡まみれにしよう。泡責めのホイップカワウソだ」

惣太が服を脱いでいる間に、伊武がシャワージェルをバスタブにセットしてくれる。

泡風呂はカランから出る水の勢いやジェットバスで泡を作るとすぐに消えてなくなってしまうため、伊武はいつもこうやってシャワーで泡を作ってくれる。手間は掛かるが、そうするときめの細かい生クリームのような泡ができるのだ。

「眼福のカワウソ先生〜、かわう惣太」

中から鼻歌が聞こえてくる。凄く楽しそうだ。

惣太が浴室へ入ると、伊武が抱き上げてバスタブの中にドボンと入れてくれた。

「ああ、これだ」

「これ?」

「先生がそうやって、泡から顔だけ出しているのがたまらなく可愛い。ファンタジー感が増して、絵本に出てくるコツメカワウソみたいだ」

「うっ……」

確かにホイップの海から顔だけが出ている。自分では間抜けな姿だと思うが、これがそんなにも可愛いのだろうか。

「伊武さんも早く」

恥ずかしさを誤魔化すように伊武を急かした。

服を脱いだ伊武が洗い場に入ってくる。そのまま椅子に腰を下ろして惣太を見た。鼻の頭をちょんちょんと指でくすぐられる。

「こんな所に泡をつけて……わざとか」

「違います。伊武さんが作った泡が職人技すぎて体が中に埋まったんです」

「そうか」

伊武が泡を掻き分けながらバスタブに入ってくる。ふわりと水面が揺れて甘い匂いがした。ハチミツにベルガモットとスイートオレンジが混ざった優しい香りだ。

「天国だな」

「天国です」

ホイップクリームのような泡が肌を滑り、甘い香りに心が癒される。目の前には大好きな恋人がいる。これが天国でないなら、一体なんなのだろう。しばらくの間、見つめあってお風呂を楽しんだ。

「そうだ。あの犬の件、どうなったんですか?」

惣太は気になっていたことを訊いてみた。伊武が席を外したため、その後の話を聞くことができなかったのだ。

「心配しなくていい。組員たちに悠仁を襲った犬のことはきちんと調べさせた。ここ数ヶ月間の防犯カメラの映像を全てチェックさせて、なんとか犬種までは突き止めた。ドーベルマンに似たロットワイラーと呼ばれる大型犬で、時々、伊武組のカメラに映っていたのが分かった」

「犬だけですか？」

「いや、誰かが散歩させているようなんだが、その人物は防犯カメラに映っていない。理由は分からないが、もし自分の姿がカメラに映らないように意図的に距離を取っているとしたら不自然だ。ただの散歩とは考えにくい。組員たちともそういう結論になり、今は犬種から登録者を追っている所だ」

「確かにおかしいですね」

散歩でないとしたら目的はなんだろう。実際に悠仁が噛まれたわけではないが、その犬が原因で怪我をしたことも気になっていた。

「また、来ないといいですけど」

「そうだな」

屋敷が広いだけにその維持や管理も大変だろう。今日、出会った組員たちも全員が本宅にいるわけではない。双子のことが心配だった。

「松岡さんや田中はいつも本宅にいるんですか？」

「いや、いつもじゃない。もちろん、日によっては連泊していることもあるが、それでも定例会の前後だけだ」

「大変なんですね。あの風神と雷神も」

「風神と雷神？　なんだそれは」

「あ、いいんです。なんか色々、しきたりとか大変だなと」

「先生は考えなくていい。それは俺たちの問題だ。儀式については徐々に慣れていけばいいし、何も難しいことはない」

「そうでしょうか？」

「そうだ」

名刺やドスには驚いたが盃のこともそうだ。惣太が知らないヤクザの文化や慣習がまだまだありそうだ。

「盃、なんでなくなっちゃったんでしょうね」

ふと不安になる。

あの盃は本当に紛失したのだろうか。

雷神の訝しむような表情を思い出して、なんとなく気分が重くなる。

もし紛失ではなかったとしたら……組の中に伊武と惣太の結婚をよく思わない者がいて、意図的に盃を隠したのではないだろうか。

婚姻の儀で使えないように――。

二人は男同士だ。今は性別で恋愛をする世の中ではなくなったが、結婚となると話は別だ。伊武組は由緒のある名門のヤクザ組織だ。盃を襲名披露で使うと言っているように跡継ぎの問題だってあるだろう。

本当にこのままでいいのだろうか。

ふわふわした恋愛の向こうにシビアな現実が待っている気がした。

「どうした?」

「いえ……」

「ちょっとのぼせたか。出よう」

伊武が抱き上げてくれる。

バスタブの外で伊武の膝の上に後ろを向く形で乗せられた。目の前の鏡に自分の姿が映っていて恥ずかしい。こうやって正面から見ると伊武が自分より一回り大きいのが分かる。

「やっぱり先生は可愛いな……愛おしくて仕方がない」

「伊武さん……」

「抱きたい」

恥ずかしい。けれど、好きな相手から素直に求められるのがたまらなく嬉しい。

二人の想いは真っ直ぐ向き合っている。

——大丈夫だ。

俺が先生を幸せにする、先生を一生守る、と言ってくれた伊武の言葉を信じたい。

信じることと相手を疑わないことは多分、同義語だ。二人の未来を信じたい。

自分に何ができるかはまだ分からないけれど。

「んっ……」

狭い洗い場でお互いの体を求め合う。

伊武の手と唇で体を溶かされ、言葉と体温で脳をとろかされる。背後から大きな手で性器を擦られて、あっけなく達かされた。鏡に映った生々しい姿が湯気で曇って見えなくなっていく。

脚を大事なもののようにゆっくりと開かされる。そのまま筋肉の襞の中に長い指を入れられた。違和感以上の快感に襲われて膝が震える。

「あっ……」

柔らかい粘膜を内から撫でられただけで、どうしてこんなに感じてしまうのだろう。

──気持ちいい。

男らしい指も硬い節も肉厚な手も好きだ。伊武に中を触られるのが好きだ。誰にも触れられない所を明け渡している、その背徳感にも感じてしまう。

「そんな顔をされたら我慢できなくなるな」

「あっ……それっ……」

指を増やされ、深さを増す抽挿にうっとりしながら、伊武の肩に頭を預ける。その首に両腕を掛けて甘えた。

「このまま挿れてもいいか?」

吐息交じりの甘い囁きに小さな頷きで応える。伊武が自分を欲しがっている。その熱量は背中に当たっている感触でもう分かっている。惣太も伊武が欲しくなった。熱く脈打っている、生命そのもののような伊武が──。

膝の裏側を持たれて脚を開かされる。伊武の先端が惣太の穴を探すように臀部の割れ目をくすぐってきた。

不意に伊武がシャワーを鏡に向けた。ザッとお湯が掛かり、曇っていた鏡が鮮明になる。

「や……」

「挿れるぞ」

伊武のせいで全てが露わになった。

張りつめた肉がクリーム状の泡と腺液の力を借りて惣太の窪みに埋め込まれていく。どう考えても大きすぎて入らない、そう思うのに、惣太の縁は捲れ上がって伊武をおずおずと受け入れる。男のそこがつるりとなめらかな形をしている理由を目で見て……理解した。

なんてエロティックなんだろう。こんなものを挿れられるなんて。信じられない。

——苦しくて痛い。

息ができなくなる。

「うっ……ああっ、あぁぁっ……ん」

「ゆっくりするから大丈夫だ」

それが嫌なんだ。気持ちよすぎるから……。

言葉は出ない。ただ、押し開かれて飲み込まされ、ゆっくりと道を作られながら奥まで貫かれる。

苦しくて恥ずかしいのに、気持ちよくて甘い。

——ああ……。

後ろ手に伊武の首を引き寄せる。もうどうにでもなれと思ってしまう。鏡には脚をM字に開いてあられもない姿を晒している自分がいた。

ナマコを根元まで嵌められて、伊武の下生えが自分の臀部に触れる。

観念した惣太の姿を見て、伊武が最奥まで力強く突き入れてきた。何度か左右に揺すられて馴染まされる。苦しい。反動で揺れた自分の亀頭を伊武の大きな手のひらで包み込まれた。

——もう、無理。

あまりの気持ちのよさに声も出ない。体の中心を貫かれて、いっぱいで微塵も抵抗できない。

「可愛いな……」

「んっ……あっ……」

「先生の中に俺のものが全部入ってるぞ」

「や——」

光る肉が自分の中に出入りするたびに、腰が痺れて体勢もままならない。たくましい突き上げに窒息しそうになる。

味わうような抽挿が徐々に容赦のないスピードになり、お互いの快感が加速度的に高まっていく。

呼吸が荒くなり、汗が滲み出て、二人のペニスがさらに硬くなった。卑猥な音に重なる喘ぎ声ももう気にならない。

——気持ちいい。

伊武が与えてくれる快楽に没頭する。

体も気持ちいいけど、心も気持ちいい。魂が共鳴しているような気がする。

——全部、何もかもが一緒だ。

繋がって一つになる。
促されてぎこちなく腰を動かした。伊武のリズムに合わせる。
——大好き。
大きな波のような快感に身を委ねる。
もう限界だ。
小さく好きと囁きながら、伊武の腕の中でゆっくりと射精した。
惣太はあまりの気持ちのよさにすすり泣いていたが、それにも気づかなかった。

4. 宴とすれ違い

週明けの月曜日、惣太は外来を担当していた。

「初診の患者様です」

「いいよ、2診に入れて」

患者が診察室へ入ってくる。

六十二歳の女性、リウマチの慢性疾患があり右手の中指に違和感があると訴えている。診察の結果、ばね指で、局所の安静と投薬治療で経過観察できそうだった。特に問題はないと判断し、次の患者を呼ぼうとしていると、その女性が不思議な質問をしてきた。

先生は子どもの往診をしているのかと。

一瞬、意味が分からなかったが、どのような理由であれ診察の内容や患者の個人情報を外へ漏らすことは規則で禁じられている。不審に思っていると女性は慌てたような顔をした。

「あの……親戚というか、知り合いで、診て頂きたい人がいて……先生は有名ですし、治療の評判もよくて、私もぜひと思って……その、今日は診察に来たんです」

「そうでしたか」

「はい」

女性はそれだけ言うと一礼して診察室を出た。

――有名？

確かにテレビや雑誌の取材で忙しい時期もあったが、それは少し前のことだ。最近ではテレビのことが話題に上ることもなくなっていた。顔が出るような取材もしばらく受けていない。

なんとなく気になったが、その日は特に忙しく、仕事をこなしているうちに女性のことは忘れてしまった。

ナースステーションの隅には立ち食い蕎麦屋にあるような狭いテーブルが設置されている。

そこが医師の居場所だ。一応、ドクターズテーブルと呼ばれているが、医局ではないため肩身が狭い。パソコンと電子カルテ用の端末が無造作に置かれていて、それでせっせと点滴と投薬のオーダーを打ち込んでいると、背後で陽気な電子音がした。一つではない。どうやら看護師がこっそり机の中に置いているスマホが一斉に鳴っているようだ。振り返ると主任看護師である飯沼と目が合った。

「フフフ」

「何かあったの？」

飯沼は楽しそうに笑っている。

飯沼は伊武が主催したバーベキューパーティーで、惣太の医学部時代の同級生である犬塚といい雰囲気だったが、その後どうなったのだろう。産婦《ギ》人《ネ》科医の犬塚とはあれから連絡を取っていないため二人のことはよく分からない。

「茉莉ちゃんと悠仁くん、もうすぐ誕生日なんですね」

「え?」

「伊武さんからお誘いがありました。ご自宅で誕生日会を開くとかなんとか」

スマホの画面を見せられる。知らなかった。今年五歳になると聞いていたが詳しいことは何も知らない。

「皆、誘われてるの?」

「一応、チームドラゴンのメンバーはそうです。全員行くかどうかは分かりませんけど」

飯沼の目は「私は絶対に行く!」と言っている。

それはそうだろう。組長の自宅に行けることなんてそうそうない。バーベキューパーティーが開かれたのは伊豆にある別荘だった。

「双子ちゃん、ホントに可愛かったですし、伊武さんはもちろん松岡さんや田中くんとも会いたいので」

松岡と田中は看護師から何気に人気がある。それが少しだけ羨ましかった。

飯沼と話しているとナースステーションに林田が入ってきた。惣太と同じように午後の指示を電子カルテ用の端末に入力している。

「おまえこれからランチか?」

林田が声を掛けてくる。

「そうだけど、林田もか？」

「あぁ」

相談したいことがあった惣太は林田を「はくよう」に誘った。はくようは柏洋大学医学部付属病院の外来棟の最上階にある院内で一番大きいレストランだ。患者はもちろんスタッフからも安くて美味しいと人気がある。

ナースステーションでの業務を終えて、林田とはくようへ向かった。お互いトレーを持って受け取り口に並んだ。林田はいつものコロッケ定食で、惣太は天ぷら蕎麦とおにぎり二個だ。

誰もいない場所を狙って奥の席に座る。向かい合った所で林田に訊いた。

「あのさ」

「なんだ？」

「俺と伊武さんって合ってない？」

「あってって、なんのことだ。おまえ、また頭がおかしくなったのか」

「いや、俺と伊武さんって釣り合ってないかなって……この所、ちょっと気になってて」

「今更かよ！」

林田が感電したように体をビクッとさせた。勢いでテーブルが揺れる。こんな所でおむすびころりんはやめてほしい。

「おまえ、今さっき過去からタイムスリップしてきた？　ん？　そうなのか？」

「違う」

「そういうのは普通、付き合う前に気づくことだろ。遅くても付き合い初めだ。なんで今更、疑問に思う。遅すぎんだろ」

「そうかな……」

「合う合わないで言ったら最高に合わないだろ。相手は男でヤクザで患者だったんだぞ」

「はあ」

「はあ、じゃないだろ！　それでも好きだからって付き合ったんじゃなかったのか？」

「まあ、そうだけど」

蕎麦を一口啜る。

好きだから付き合ったのは事実だ。けれど、好きという感情にこれだけたくさんのものが付随してくるとは思ってもみなかった。知らなかった。

――本当に何も知らなかった……。

人を好きになるということも、恋をするということも。

好きな人のために自分が何ができるのかも。できないのかも。

そして、自分が変わってしまうことも。

「なんか怖いんだ」

「ヤクザだから仕方がないだろ。我慢しろよ」

「違う、そうじゃなくって」

「俺は完璧な人間じゃないから、素の自分を見せるのが怖いんだ。全てを知られたら嫌われてしまうんじゃないかって」

「何言ってる。おまえが口悪いのも、大食いなのも、もう知られてるだろ」

死ぬほど口と燃費が悪い生き物——人間版ランボルギーニだと林田が茶化してくる。確かに惣太は伊武にプレゼントされたランボルギーニに乗っているが、人間版うんぬんはただの風評被害だ。

俺はそれなりに機敏に動くし見た目も可愛い、と心の中で反論する。

「でも、伊武さんに嫌われたら生きていけない……」

「んなわけねーだろ。フラれたぐらいで人は死にはしない。百回フラれても千回フラれてもぴんぴんしてるぞ。それは俺が一番よく知ってる」

「なんだ、やっぱりモテないんだ」

「うるせぇよ」

「こんなことになるなんてな」

「飯を食え。たっぷり寝ろ。バナナを食って日の光を浴びるんだ。大体、それで解決できる」

それはゴリラの解決法だ。惣太には合わない。

「バナナなら毎日食ってる」

「それは下ネタか？　最低だな」

「勘違いするおまえの方が最低だ」

くだらないやり取りが続く。

「育ってきた環境も全然違うし、身分差ってやつ？　とにかく実家が凄い金持ちで驚いた。高級な生肉をむしゃむしゃ喰うでかいドーベルマンがいて、池に三浦大根みたいに太った錦鯉がウヨウヨ泳いでるんだぞ」

「ヤクザのふれあい動物園か」

「茶化すなよ」

「実家って組長ん家だろ？　なら金持ってて当たり前だ。伊武組は裏社会を牛耳ってる経済ヤクザなんだからさ。最近のヤクザは地下に潜ってマフィア化してるって言うし、闇ビジネスでたんまり儲けてるんだろ」

「伊武組はマフィアじゃない」

「そうか？」

惣太は頷いた。本家を見る限り、わりとトラディショナルなヤクザだ。服装はともかく伊武の見た目はクリーンでそこは現代的と言えるかもしれないが。

「けど、そういうのも含めて無理があるんだ。今更、この俺がヤクザ文化に馴染みそうもないし……」

「はあ？　おまえがヤクザに染まることはないだろ。それとこれとは話が別だ。あの男がおまえにそれを要求するなら、俺が注意してやる」

「注意……」

「つーか、いくらなんでもおまえに極道は無理だろう。コツメ会系カワウソ組でも作るのか？　幼稚園のクラス名にしても可愛すぎるだろ」

カワウソの左右に風神と雷神がいるポップな絵が思い浮かんだ。可愛い。いや違う、これじゃない。

「恋人なんだろ？　だったら嫌なことは嫌だと、理不尽なことは理不尽だと、きちんと自分の意見を言うべきだ。ただ流されるだけじゃ恋愛じゃないだろ。そのまま流しカワウソにされるなよ」

「…………」

「自分があってこそ人を愛せるんだ。分かったか？」

「……ああ」

何かが心の底にストンと落ちる。

自分があるから人を愛せる。本当にそうかもしれない。

ゴリラの助言はやっぱり凄い。惣太は感動していた。

白いテーブルに午後の光が射す様子を眺めながら、惣太は自分自身についてじっくり考えた。

悠仁と茉莉の誕生日パーティーのため、惣太は兄に頼んで和菓子のケーキを作ってもらった。生クリームのケーキは用意されているだろうと思い、練り切り餡を使ってドーム型のお花をかたどったケーキにした。右半分が水色で左半分が桜色、悠仁と茉莉のイメージだ。プレゼントとしてお揃いのぬいぐるみも買った。

プレゼントを買うついでに惣太はスマホを新調した。伊武も同じタイミングで新しいモデルに変更した。そしてついでのようにお互いのスケジュール管理アプリを同期された。カレンダーやメモ機能の共有はもちろん位置情報も含めての同期だ。何気なく同意したが、なんでこのタイミングで？　と後から気になった。

――あの時、いいかどうか、確認しなかったよな……。

当たり前のようにされたことに少しだけ引っ掛かりを感じた。

GPS検索をかければ自分が今どこで何をしているのかが瞬時に分かってしまう。もちろん伊武がどこで何をしているかも追跡すれば分かる。対等と言えば対等だ。拒否することもできる。惣太の身の安全を考えてそうしてくれたのかもしれない。

でも――

伊武のペースで色々なことを進められている現実に戸惑いを感じる。全て善意で成り立っているだけに、この違和感の身の置き場がない。愛されているのは分かっている。だからこそ余計に逡巡してしまう。

善意を素直に受け取れないのは自分に自信がないからだろうか。

恋愛って難しい。

上手くやろうとすればするほど、どこかにズレが生じる。

小さな判断を下すことさえ怖くなる。

正解が分からない。

――本当に分からない。

惣太は胸に不安を抱えたまま双子の誕生日を迎えた。

誕生日パーティー当日、本家に向かうと門扉の前でたくさんの組員が迎えてくれた。お洒落をした悠仁と茉莉もいる。茉莉は頭にお花の髪飾りをつけて、ピンク色のドレスを着ていた。小さな花嫁さんのようで凄く可愛い。反対に悠仁は袴をはいている。五歳の祝いだからだろうか。

玄関を上がって廊下を抜けようとした所でふと足が止まった。

――これって……。

あの鎧兜がメイド服を着ていた。兜の部分にはヘッドドレスがつけられて、腰にはひらひらのエプロンが巻かれている。どうしたのだろう。様子がおかしい。

「なんですかこれ」

傍にいた組員に尋ねるとカシラの命令でと口を濁している。近づいてきた風神が丁寧に教えてくれた。

「姐さんが怖がったんで可愛く仕上げてみました。これなら大丈夫ですよね？」

言葉が出ない。確かに怖くはなくなったが、これではオネェの戦国武将だ。「アンタたち、いくわよ～♡」という掛け声まで聞こえてきそうだ。

「もしかして、あの虎も？」

「ええ」

部屋に案内してもらうと剥製はそのままだったが、頭の部分が可愛い猫のぬいぐるみになっていた。これはこれで怖い。頭と体の温度差がえぐい。顔の可愛さのせいで体の邪悪さが増量している。

けれど、惣太のためを思ってしてくれたことなので何も言えなかった。

「パーティーは大広間で行います。こちらへどうぞ」

招かれた部屋は企業の研修や合宿が行えそうなほど広かった。百畳はあるだろうか。前方には立派なステージがあり、畳の上に細長いテーブルと曲木の座椅子がずらりと並んでいる。驚いていると惣太を見つけた悠仁と茉莉が近づいてきた。

「パパ、せんせいがきたよ」

茉莉が近くにいる伊武に声を掛ける。伊武も盛装をしていた。黒のディレクターズスーツがお洒落で凄くカッコいい。いつもとは違う姿に戸惑っていると、こっちへおいでと目で促してくれた。伊武の横に並んで座る。

大広間の一角からは部屋全体が見渡せた。思っていたよりも多くの人がパーティーに参加している。看護師の飯沼をはじめ、知った顔もちらほらいた。伊武の隣に双子が、惣太の目の前に松岡と田中が座った。

「盛大ですね」

「そうだな。悠仁や茉莉のパーティーだけではなく、組員たちの慰労も兼ねているからな。先生も気にせず楽しんでくれ」

「はい」

ステージで色々な催し物が行われた。悠仁が期待していたヒーローショーを皮切りに、ゲストのものまねやダンス、組員たちが趣向を凝らした寸劇やマジックのショーなどが披露されていく。皆、食事を楽しみながらステージに視線を傾けていた。場が盛り上がった所で伊武が立ち上がった。どうやらバイオリンを披露するようだ。

「この間の入院中に作曲したものだ。皆、聴いてくれ」

伊武がスーツ姿でバイオリンを構える。ほどなくして甘い音色が聴こえてきた。

四弦が奏でる音は人の歌声に似た艶があり、奥行きのある情感が伝わってくる。

平和を願って作曲したというその旋律は愛と優しさに満ちていた。

——綺麗だ……。

伊武はこんなにも美しく繊細な心を持っている。

普段は仕事で忙しく、ときおり垣間見せる顔は鋭いものだが、惣太といる時はいつも優しい。

悠仁や茉莉に対しても常に温かい愛情を注いでいる。

——なんか凄いな。

心が洗われるようだ。

惣太と同じように周りにいる組員たちもうっとりしていた。パンチの利いた見た目がずらりと並んでいるせいか刑務所の慰問みたいだった。

披露を終えた伊武が戻ってくる。

よかったかと訊かれ、感動したと言うと伊武は嬉しそうに笑った。隣に腰掛ける瞬間、こっそり頭の後ろを撫でてくれる。そんな優しさが嬉しかった。

パーティーは順調に進み、双子がケーキのローソクを吹き消したり、皆でバースデーソングを歌ったりした。ダミ声のバスバリトンしかいない仁義なき合唱団の歌声は中々のもので、腹から声を出す一本筋の通ったものだった。

悠仁と茉莉が笑っている。二人とも組員やゲストたちから愛情をたっぷり受けて幸せそうにしていた。惣太が持ってきた和菓子のケーキやプレゼントも喜んでもらえてホッとした。

「せんせ」

悠仁が膝の上に乗ってくる。今日はママじゃないんだなと思った。

「手の怪我はもう大丈夫?」

「うん。いたくない」

「よかった」

悠仁が右手を上げてほらと見せてくる。傷口は綺麗に塞がっていて跡もほとんど見えなくなっていた。

「せんせは、くみいんじゃないの?」

「ん?」

「みんなとおなじ、かぞくじゃない? たなかとちがう?」

「先生はお医者さんだよ。悠仁も先生の白衣姿を見たよね?」

「うん」

首を上げた悠仁が真っ直ぐ見つめてくる。すっきりとした二重に黒目がちな瞳が可愛い。

「まさむねがかんだいぬも、せんせがてあてしてあげたの?」

「ん？」

「あのわんこ、よくいるよ」

「え？」

どういうことだろう。

犬が現れたのはあの日が最後じゃなかったのか。

「よくいるって、お家に来るの？」

「ときどき、はしってる」

屋敷の中でと訊くと首を左右に振った。外を散歩しているのだろうか。

誰かと一緒に？

——分からない。

悠仁は惣太の膝の上で和菓子のケーキを食べた。

アジサイの花びらを一つ二つ食べると満足したのか今度は伊武の膝に移動した。伊武からはチキンの欠片を食べさせてもらっている。

どうも腑に落ちないことが多い。

誰かが散歩ついでに伊武組の屋敷を偵察しているのだろうか？

それとも何か目的があって犬に中を探らせているのだろうか？

犬のことも気になるが、あの盃もまだ見つかっていないようだ。

伊武の部下が調査しているため、あまり口出しはできないが、悠仁が話す犬のことについては後で伊武に訊いてみようと思った。

「では皆さん、いったんお開きにしましょう」

松岡の声とともに場がお開きになり、片付けが始まる。パーティーの参加者たちは次々と挨拶を口にしながら部屋を後にした。子どもたちもそれに続くように自分の部屋へ戻る。

残ったメンバーは伊武と惣太、田中と松岡と数人の親しい組員だけだった。風神と雷神もいる。部屋を移してしばらくすると、お酒が運び込まれて内輪だけの二次会が始まった。ゆったりとした時間が流れる。

誕生日パーティーが滞りなく終わって安堵する。皆、同じ気持ちなのか落ち着いた表情で過ごしている。悠仁と茉莉が嬉しそうで本当によかった。

「悠仁がすっかり懐きましたね」

隣に座った松岡が声を掛けてくれる。

「先生は子どもがお好きなんですか？」

「好きと言うか、整形外科は小児の疾患も多いので、おのずと子どもと触れる機会が多くて」

「なるほど、そうなんですね」

「入院している子どもたちからは親や先生ではなく、大きなお兄ちゃんと思われてるみたいですけど」

「分かります」

「茉莉ちゃんはどうですか？」

懐いているのは悠仁だけかと思い、尋ねてみる。すると松岡が口元に手を当てて小さく笑った。

「茉莉は女の子ですからね。大好きなパパが大切にしている人の存在に気づいているのかもしれませんよ」

「え？」

「まあ、まだ子どもですから女の嫉妬ではないでしょうけど」

「それじゃあ――」

「いえいえ、大丈夫です。茉莉も先生に懐いてますよ。プレゼントも喜んでいましたし」

それを聞いてホッとする。茉莉は思いやりのある心の優しい女の子だ。惣太がプレゼントしたぬいぐるみの毛が逆立っているからと、悠仁の分まで一生懸命ブラシで梳かそうとしていた。

「何を話してるんだ」

伊武が間を割って入ってきた。

「お二人の未来についてですよ」

「なんだ？」

「益々、惣太先生が愛おしくなりました」

「おまえが言うと含みがあってなんか怖いな」

「そうですか？」

伊武と松岡は保育園時代からの幼なじみで仲がいい。辛辣なことを言っても心の底でお互いを信頼し合っているのが分かる。そんな関係の相手がいるのが少し羨ましい。

「今日も若頭の横にちょこんと座ってらして可愛らしかったですよ。若頭の座布団のズレを何度も直されたり、バイオリンの演奏を菩薩のような顔で見守られたり、本当に素敵な方ですね。若頭も惣太先生の料理を甲斐甲斐しく取って差し上げたり……お二人がお互いを想いあって行動されているのが分かって感動しましたよ」

「よく見てるな」

「皆さん、微笑ましく見ていらっしゃいましたよ」

そうなのだろうか。自分では気づかなかった。

「本当にお二人とも最高の相手を見つけられましたね。そんな伴侶を自分の力で見つけるのは、広大な砂丘の中から一粒の砂金を見つけるようなものでしょう。やはり、運命なのでしょうね」

「もちろんだ」

伊武がきっぱりと答える。

運命。凄く素敵で、そして重い言葉だ。

この運命が本物だと証明できるように日々努力している。

そこに甘えないように、胡坐をかかないようにしたいと思っている。

運命じゃなかったとは、何があっても思いたくない。

万に一つの僥倖に感謝しなければ――。

「姐さんも飲んで下さい」

隣に来た風神がビールを注いでくれる。グラスを差し出してありがたく頂戴した。

「姐さんは健啖家なんですね。テーブルのから揚げの山が一瞬でなくなって驚きました。料理は何がお好きなんですか？」

「なんでもですけど、特に肉が好きです」

前はそれほどでもなかったが、田中とスイーツ巡りをするようになって甘いものもたくさん食べられるようになった。

「うちの組は年に数回、庭で燻製を作るんですよ。その時はまた来て下さいね。俺が腕を振るいます」

風神が燻製を作るために風を起こしてくれるのだろうか。想像して笑ってしまう。

「近い。風井まで先生に懐かなくていい……」

「カシラ、どうかしましたか？」

「いや――」

突然、体が横に動く。なめらかな水平移動だ。

惣太が座っている座布団の両端を、伊武が引っ張って自分の方へ引き寄せたのだと分かった。それを見た松岡がクスクスと笑っている。

「もうコントのようですね」

意味が分からない。でも、皆が楽しそうで何よりだ。

穏やかな時間が過ぎる。グラスを片手に色んな話をした。一口にヤクザと言ってもそれぞれ個性が違う。雷神のようにあらかじめチンピラ語が搭載されているようなタイプもいれば、松岡のように知的で美しいインテリヤクザもいる。風神は知性と野性のハイブリッド、田中は金髪いがぐり頭の親しみやすいタイプだ。

自分はどうなのだろう。

この中では、やっぱり浮いているのだろうか。

林田は馴染む必要はないと言っていたが本当にそうなのだろうか。

見た目はともかく、このコミュニティに馴染みたいと思う。姐さんとして慕われたいとか、尊敬されたいとかそういうことじゃない。伊武が大切にしてきたものを自分も大切にしたいのだ。

自分も伊武のように愛を与えられる人間になりたい。もらってばっかりじゃなく、与えて幸せにしたい。今日、みんなが笑顔になったように、誰かをきちんと幸せにしたい――。

「じゃ、そろそろ始めましょっか」

皆、そこそこ酔いが回った所で、田中が陽気な声を上げた。

すると風神と雷神が部屋の中に何か持ってきた。箱を開けてレジャーシートのようなものを床に広げる。シートの横にルーレット版が置かれた。

これはあれだ。名前は知らないが存在は知っている。ルーレットで出た指示に従って、手や足をシートの丸の上に置いていき、体が倒れないように踏ん張るあれだ。丸は赤・青・黄色・緑に色分けされている。

「まずは誰からいきます?」

田中の声に伊武と松岡が手を挙げた。

どうしたのだろう。近い距離で睨み合っている。

お互いあの日のリベンジを！　という顔をしていた。

「今日こそは負けけん」

「残念ながら、今日も若頭はお負けになりますよ」

二人とも酔っぱらっているのだろうか。そうは見えない。

よく見ると松岡の方に分があり、今日の戦いがタイトルマッチのように見えた。

「では、始めます。伊武組恒例のツイスター選手権大会 in 目黒本宅」

風神が掛け声とともにスピナーを回す。皆、固唾を呑んでその矢印が射す方向を見守った。

雷神が早いスピードで、左足緑・右足赤・右手青・左足黄色・左手緑と指示を出していく。

伊武と松岡は慣れた様子で指示に従った。二人ともしなやかに体を動かして倒れる気配がない。

何巡かした所で伊武の体が揺れた。

——右脚、大丈夫かな……。

抜釘手術の経過は良好で何も心配はなかったが、それでも不安になる。伊武さん頑張ってと心の中で祈った。

「くそが」

「まだまだです」

「倒れろ、ハイエナ野郎」

「倒れません」

お互い顔が見えない体勢で震えと闘いながら相手を罵っている。

松岡は体が柔らかいようだ。両手と両脚が交差したXの状態にもかかわらずびくともしない。質《タチ》の悪いバレリーナみたいだ。

「おまえは本当に負けず嫌いだな」

「若頭もですよ」

「ちょっとは譲ろうと思わないのか」

「ツイスターごときで忖度は致しません」

「くそが」

「惣太先生にもっと格好いい所をお見せになってみては？」

四つん這いの松岡と目が合う。ハイエナを超えてパンサーみたいになっていた。反対に伊武は裏を向いたアシダカ蜘蛛のようだ。脚の長さが裏目に出ている人間を初めて見た。笑いが止まらない。

「右手緑、左足青、右足黄色、左手赤――」

雷神の声が飛び、伊武の脚が震える。

――ああ、もう駄目だ。

これ以上は体を痛めるかもしれない。惣太は無意識のうちに傍にあった手拭いをシートの上に投げ込んでいた。カンカンと雷神がゴングの音を真似る。

「先生……」

「セコンドによるタオル投入がありましたので、ここで試合終了です」

伊武の負けが決まった。

ごめんなさいと心の中で呟く。

項垂れた伊武の背中を惣太が撫でて労った。

「次は――」

雷神の声に惣太はグラスに残っていたビールを一気に煽った。代わりに自分が勝ってみせると立ち上がる。相手は風神だ。

「では、第二試合を始めます」

田中がスピナーを回し、雷神が指示を出す。惣太はやってやるぞ！と気合を入れた。

試合《ゲーム》が始まる。息を整えて右手を赤に、左足を青に置く。

二巡もしないうちに内臓がねじれた。これは難しい。体幹の強さと関節の柔らかさ、体のバランスと強靭な精神力も必要になってくる。ヤクザに必要なスキルを鍛えるのに持ってこいの競技だと思った。

焦ってはいけない。やればできる――。

「ううっ……」

「先生頑張れ」

伊武の檄が飛ぶ。

こんな所で負けたくはない。

両手と両足の距離が離れる。なんとか四つん這いの姿勢で耐えた。

「姐さん、可愛い……」

「惣太先生やばいっす」

「上目遣いが――」

田中と雷神が感嘆の声を漏らす。惣太はその理由が分からなかった。

雷神が「姐さんが女豹のポーズでヤクザの心臓を止めにきた」と騒ぎ始めた。

「もう……倒れそう」

両肘を床についてお尻を高く上げる。バランスを取りながら指示を出す雷神を見た。

「姐さんマジ可愛いっす。たまらないっす」

「ああ、惣太先生が別の生き物に」

「くそっ――」

体を移動させると今度は風神との距離が近くなった。顔が向き合い、お互いの唇と唇がくっつきそうだ。次の指示に従おうとした所で手拭いが投げ込まれた。伊武の仕業だ。

カンカンと雷神の声がする。

惣太の負けだ。

――頑張ってたのに、なんで……。

急激に悔しさが込み上げてくる。どう考えてもこの試合は惣太の方が勝っていた。負けてはいない。

――小柄な自分が唯一ヤクザに勝てる競技だったのに。

悔しさが止まらない。睨み上げると伊武が安堵の表情をしていた。納得がいかない。

「なんで投げるんですか！」

「先生？」

「勝てたのに……」

悔しげに下唇を噛む。体温が上がり、頭がくらくらした。

「大丈夫か？　ビールを飲んで体を動かしたから酔ったのかもしれない。先生、部屋で休もう。顔が真っ赤だ」

松岡と田中もうんうんと頷いている。

――酔ってない、酔ってなんかない！

フンスと荒い鼻息が出た。

「そうやって勝手に決めないで下さい」

「先生？」

惣太の様子に周囲がざわつく。可愛いだの、見た目に似合わず負けず嫌いだのと、声が聞こえる。

雷神だろうか。分からない。

「伊武さんがそうやって先回りして全部、勝手に決めるから俺は――」

急に抑えていた感情が込み上げてくる。胸が膨れ上がって苦しくなった。

「鎧兜をオネエの武将にしたり、虎の頭を猫にしたり……そんなことしなくていいんです。俺が慣れれば済む問題だ。俺だって慣れたいんです。この文化を受け入れたい。ダミ声で歌も歌いたいし、ドスだって使えるようになりたい……」

惣太の言葉に伊武が一瞬で殺気立った。先生にドスを使えと言ったのは誰だと周囲を見渡している。伊武のただならぬ様子を見て、風神と雷神が小さく震え上がった。

「風井と雷か？」

「し、知りません、俺たちじゃないですっ！」

二人の声が揃う。向き合って頭を振り、違うよな、違うよなと頷き合っている。風神と雷神の連係プレーだ。

「なんでもお揃いにして……お揃いはいいけど、田中がくれたお箸は嬉しかったし……でも、スケジュールのアプリを勝手に同期されたのは納得がいかない」

「カシラそんなことしたんですか？」

田中が伊武に尋ねた。

「いや、まあ」

「カシラそれは駄目っすよ。ちゃんとお互いが納得してやらないと、惣太先生が不安になってしまいますから。そんなことされたら信用されてないのかなって思いますよ、普通」

部屋がしんとする。

駄目だ、頭がふらつく。体が熱くて……視界がぼんやりする。

「自分でするのも駄目だと言われた」

「カシラ……」

田中は伊武を憐れむような目で見た。松岡の黒目は小さくなっている。皆、揃ったように遠い目をした。

「うっ……伊武さんのことが好きで、凄く……好きで……好きなのに、距離がある気がして……この屋敷に来てからずっと釣り合わない気がして、それで――」

「先生……泣いて――」

「泣いてないです。泣いてないけど……好きすぎて……伊武さんが好きすぎて、もう嫌です」

「え！」

伊武が絶句する。

嫌という言葉に伊武の生命活動が停止した。体が石像のように固まって微塵も動かない。

「伊武さんは俺のことを良く見すぎてる。実際の俺はそうじゃないかもしれないのに……なんでそんなこと――。俺は……嫌われたくなくて、嫌われるのが怖くて、だから本当の自分を見せるのが怖くて……。勝手に評価を爆上げして好きと言われても、俺はそんな完璧な人間じゃないんです！」

言って、わっと涙がこぼれた。

酔っぱらっているのだろうか。多分、そうなのかもしれない。

でも、感情が止まらない。

好きで、どうしようもなくて、止まらない。

悲しくて悔しくて仕方がない。

「カシラが勝手に決めたのがよくないです。惣太先生が混乱してしまったのはそのせいです。素直に謝った方がいいっす」

風神と雷神が、痴話げんか痴話げんかと騒ぎ始めた。犬も喰わない、いやアホ正宗なら喰うだろと忙しい。

「先生？」

「もう駄目だ……」

こんな醜態を見せたら余計に嫌われるだろう。俺は馬鹿だ……。

もう、外へ出よう。

これ以上、ここにいたら本当に嫌われてしまう。

惣太は皆が止めるのも聞かず、屋敷の外へ飛び出した――。


伊武が追い掛けてくる気配があったが振り切った。さすがの伊武も皆が見ている前でみっともなく追い掛けるような真似はしないだろう。屋敷を出て、広い庭を突き抜けて、門扉の外へ出る。息も荒く走っていると、同じような呼吸音が聞こえた。

――変だな。

酔って頭がおかしくなったのかと思ったがそうではない。

獣の匂いがする。

パッと振り返ると小型ポニーぐらいの大きさの生き物がいた。

――い、犬だ……。

驚くほど大きい。暗闇のせいではっきりとは分からないが、それが大型犬であることが分かった。

惣太が恐怖で固まっていると、犬はすっと体を翻して夜の闇に消えた。

この犬が例の犬なのか、そして近くに人がいたのかどうかも惣太には分からなかった。

5．変化する気持ち

伊武組の本宅を飛び出してから惣太はずっともやもやしていた。

伊武が何度も気を遣ってメッセージをくれたが上手く返せなかった。少し落ち着くまで時間が欲しいと伝えると伊武は一言「分かった」と返してくれた。いつもと変わらない優しさに鳩尾がキュンとする。

なんであんなことを言ってしまったのだろう。

思い返して深く反省する。

酔っぱらっていたからと流すこともできたが、そんなふうにやり過ごせなかった。

原因は伊武ではなく自分の心の中にある。

そう思いながら病院にほど近い駅ビルの中を歩いていると、子ども服のセールを行っているショーウインドーが目に入った。『店内商品　五十パーセントオフ』と立札がある。

——可愛いな、入ってみるか。

セレクトショップのようで様々なデザインの子ども服がある。

茉莉に似合いそうなワンピースを見つけてテンションが上がった。

薄いブルーと白のパイピングがアリスカラーで凄く可愛い。巻き髪の茉莉にぴったりだ。値札《タグ》を見ようとしてふと手が止まる。

――なんか俺……。

普段なら絶対に手にしない商品だ。

今、買い物をしながら茉莉の笑顔を想像していた。

きっと喜んでくれるだろうと。

これを着た茉莉が嬉しそうにくるりと回る所まで想像した。

以前と変わった自分を感じる。そして、今まで伊武がしてくれたプレゼントのことを自然と思い出していた。

――ああ、そうか。

伊武もこんな気持ちだったのだろうか。

今までずっと独占欲やマーキングのためにお揃いのものを買ってくれたのだと思っていた。尽くすのが好きな上に、寂しがり屋でやきもち焼きな男だから。でも、そうじゃない。きっとこんなふうに惣太の笑顔を想像しながら、惣太のことを思って買ってくれていたのだ。

気づかなかった。

誰かに何かをプレゼントするのがこんなに尊いことだったなんて。

この世の中にたった一人でも、日々の生活の中で自分を想ってくれる人がいる。

それだけで幸せだ。

そして自分には同じように想える相手がいる。

――こんなの……知らなかった。

ワゴンの前で手が止まる。

じわりと熱いものが込み上げて、惣太は胸がいっぱいになった。

その後も女児のワンピースを幾つか見て、やはり最初に目についたワンピースがいいと思い、元の場所に手を伸ばした。

その瞬間、ワンピースが引っ張られ、布を辿っていくと女性の手が見えた。一つしかない商品を誰かに取られてしまうと思い、慌てて顔を上げると、親しげに声を掛けられて驚いた。

「惣太くん？」

「え？」

「惣太くんだよね」

義姉の可南子《かなこ》でビックリする。今日は姪っ子の彩夏《あやか》を連れていないようだ。

「惣太くんが買い物？　女の子のワンピースを？」

「あ、えっと……これには事情があって、それで――」

「別にいいけど」

そう言いながらワンピースを惣太に譲ってくれる。

「可南子さんはどうしてここへ？」

「あれ、言ってなかった？　私、この駅ビルの中にあるカルチャーセンターで習い事してるの。週に一回、息抜きも兼ねて殺陣道《たてどう》を始めて、それがすっごく面白いのよ。惣太くんも一緒にどう？」

タテドウとはなんだと思い、可南子がしてくれたジェスチャーで理解する。要は時代劇でやる刀を使った立ち回りのことだ。和風美人の可南子には似合っている気もするが、兄ちゃん大丈夫かと凌太の命が心配になる。夫婦喧嘩の勢いで斬られたりしないだろうか。

「彩夏ちゃんは？」

「家で凌太といるわよ。見てもらわないと息抜きにならないもん」

「そうですよね」

可南子は惣太の実家である和菓子屋に嫁いでからずっと働き詰めだ。彩夏が生まれた後も凌太と同じように調理場に立っている。その働きぶりは堅実で、若女将としての切り盛りがいいと周囲から評判だ。惣太は可南子のことを密かに尊敬していた。

「この後、時間ありますか？」

「え？」

「ちょっと相談したいことがあって」

「別にいいわよ。お店はすでに閉まってる時間だし、彩夏ももう小学一年生で大丈夫だから」

可南子の快諾を得て、惣太はワンピースと男児用のサロペットの会計を済ませた。お店の外へ出る。

駅ビルの中にある全国チェーンのコーヒーショップに二人で入った。可南子はラテを、惣太はカプチーノを注文し、目立たない奥の席に座った。

「にしても、私に相談なんて珍しいわね」

「かもしれません」

惣太は自分の近況を話しつつ核心に近づいた。

可南子は元々、銀行員で和菓子屋とは全く縁がなかった。育ったのもサラリーマンの一般家庭で、まさか自分が和菓子屋の女将になるとは思わなかったと、結婚当初は話していた。自分のキャリアを捨てて老舗の和菓子屋に嫁ぐのは大変だっただろう。表に出せない苦労もあったはずだ。可南子がどんなふうに今の状態になったのか訊いてみたくなった。

「大変じゃなかったですか？」

「大変って何が？」

「いや、日本橋にある老舗の和菓子屋に嫁ぐって、やっぱり大変だったかなって」

「そうねぇ……」

「兄貴のこと、そんなに好きだったんですか？」

「あはは。困ったわね」

可南子はラテを一口飲んだ。

「迷いがなかったかって言えば嘘になるわ。やっぱり、ごく普通のサラリーマンか公務員と結婚したいなって思ったこともあったわよ。ほら私、銀行員だったでしょう。だから、自営業の大変さは身に染みて分かってるのよ。どれだけ上手くいってる店や会社でも、十数年後には借金で首が回らなくなるケースもいっぱい見てきたし。だからやっぱり最初は迷った」

「そうだったんですね」

「うん。でも、お兄さんって凄く真っ直ぐな人でしょ？　真面目で誠実で、ちょっと浮世離れっていうか空気が読めない所もあるけど、優しい人だったから。仕事に対しても一途で一生懸命で、この人についていけば自分が見たことのないような景色を見せてくれるって、そう思った。何よりも一緒にいたかった。好きだったのよね、凄く」

可南子は何かを思い出すような表情をした。

「老舗とか伝統とか何も分からなかったから怖かったし、本当に自分ができるのかなって悩んだこともあったけど、今は何も後悔していない。楽しかったわよ、凄く」

「そうですか？」

「うん。お兄さんと結婚して本当によかったなって思ってる。彩夏も生まれたし、こうやって自分の時間を持って息抜きもできてるし」

可南子はとても前向きな人だ。なんでもないことのように話しているが、全て自分の手で切り開いてここまで来たのだと分かる言葉だった。

「なるほどね。惣太くん、誰か好きな人ができたんだ」

「え？」

「うふふ、そんなのすぐに分かるわよ。大丈夫、心配しないで。お兄さんにはまだ黙っててあげるから」

「……はい」

「どんな人なの？」

訊かれて伊武の顔が思い浮かんだ。意を決して話してみる。

「俺が好きになった人も元々、環境が違うんです。育ってきた文化も風習も、何もかもが違って……だから、上手くやれるか自信がないんです。色々、釣り合わない気がして」

「へぇ。惣太くんなら、問題なくやれると思うけど」

「そうですか?」

「うん」

可南子は笑顔で頷いた。

「結婚を考えてる感じ?」

「えっと……いや、どうだろう」

そんな雰囲気で相談しているのかと自分を顧みる。けれど一緒になりたいのは事実だ。可南子もそれを悟ったのか言葉を続けた。

「心配ないわよ。生育環境なんか違って当たり前。結婚ってそういうものでしょ。違う文化と習慣で育ってきた二人が一つの家族になる。最初から上手くいかなくて当然だと思うけど」

「………」

「相手に合わせようとか、相手と同じになろうとか、そんなことは思わなくていい。大事なことは自分の軸がきちんとあること、そして自分と相手の二人でそこから始めるっていうこと」

「そこから始める?」

「うん。結婚ってゴールじゃないから。みんな白馬に乗った王子様を求めるけど、最初から王子様と結婚しても面白くないでしょ？　道が決められた王子様じゃ、成長する余白もないし。二人で努力して相手を立派な王様にする、自分は女王様になる、私はそういう考え方だけどね」

「スタートってことですか」

「そうそう。ＲＰＧのゲームと同じかもね。木のこん棒と布の服で最初の村から始める。同じ目標を持ってお互いを助け合って、パーティーを増やしながらどんどん強くなっていく。そうしているうちに行ける場所も増えるし、見える景色も変わってくるし、自分たちも成長していく。夫婦って共に前に進む戦友みたいなものかもね」

「……分かる気がします」

兄夫婦を見ても、両親を見ても、同じように助け合いながら生きている。相手に幸せにしてもらおうとか、自分の人生を導いてもらおうとか、そんなことは微塵も思っていない。自分の人生を生きることで、相手を幸せにして自分も幸せにしている。

「俺もそうなりたいんですけど」

「なれるわよ」

「でも――」

たとえば両親や兄とは半年会わなくても今と同じ関係でいられる。けれど、伊武と半年会えなかったら二人の関係は駄目になってしまう気がする。そもそも半年も会わないでいられない。これは絆がまだ浅いということだろうか。

可南子が示唆している依存に当たらないかも不安になって尋ねてみる。

「ふふ、恋愛真っただ中だ」

「そうかもしれません」

「好きなんだね、凄く」

「好きすぎて別れたくなるぐらいです。……嫌われたくなくて、それが怖くて、そんな酷い目に遭うくらいなら別れた方がいいかもって。頭がおかしいんですかね。健康のためなら死ねる、みたいな本末転倒なことになってますけど」

　そう言うと可南子が盛大に笑った。

「分かるなぁ、その気持ち。私の場合、嫉妬だったかも」

「嫉妬ですか？」

「うん。初めて人を好きになった時、その人の過去とか気になっちゃって。今思えば大したことじゃないんだけど、その時は凄く苦しかったから。恋愛って楽しいことばっかりじゃないもんね。不思議だけど」

　本当にそうだと思う。

　伊武と出会うまで、恋愛は楽しいことばかりだと思っていた。

　理想の相手に恋をして、お互いの気持ちを確かめ合って、それが通じたら、こんなに楽しくて幸せなことはないんじゃないかと、そう思っていた。

　本当の恋をしたら、胸がキュンキュンするような甘酸っぱくてふわふわするような日々を、ずっと送れるような気がしていた。

――確かに幸せだけど……。

嫉妬や不安、喧嘩やすれ違い。

相手のことが好きで好きでたまらないがゆえに発生する苦痛があると、惣太は初めて知った。その痛みは想いの強さに比例してどんどん増大していく。

そして、最も辛いのは〝別れ〟だということも、もう分かっている。

俺は、とんでもないものを手に入れてしまった。

――本当にとんでもないものを。

なんとなく怖くなって自分の両手に視線を落とす。意味もなく手のひらを眺めた。

けれど、何があってもこれを守っていきたい。失くしたくない。

できるだろうか。自分はこの愛を貫けるだろうか――。

「惣太くんはきっと大丈夫。優しくて強い男だから」

その後も可南子は惣太を励ます言葉をたくさんくれた。

笑顔で別れる。

駅のペデストリアンデッキで可南子を見送った後、空を見上げた。

――ああ、星が綺麗だ。

伊武に会いたい。

凄く会いたい。

美しい夜空を見ていると孤独の輪郭が際立っていくような気がして、伊武にどうしても会いたくなった。

　惣太はその足で真っ直ぐ本家に向かった。

　月末、伊武はマンションではなく本宅にいることが多い。

　ＳＮＳのメッセージや通話もできたが、そうすると伊武が飛んできそうなので自分から向かうことにした。

　正面突破する前に屋敷を周回してみようと思い、壁伝いに歩いていると、ハァハァという呼吸音がした。

　嫌な予感がする。

　恐る恐る振り返ると例の犬で、その後ろに人影が見えた。相手が惣太に気づいて逃げようとする。慌てて追い掛けた。

「待って下さい！」

　声を掛けても止まる気配がない。背格好から女性、それも高齢の女性だと分かった。

　五十メートルほどですぐに追いつく。手を伸ばし、女性の肩をつかんで引き留めた。女性は犬のリードを引いたまま下を向いている。

「あなたですよね？　いつもこの辺りで屋敷の中を探っているのは」

「…………」

「そうですよね？」

「……違います、違うんです。勘違いです。ただの散歩です」

「だったらどうして逃げたんですか？」

「本家の人かと思って……」

「本家の人だったらどうなんです？　どうして逃げる必要があるんですか？」

女性は答えない。

「何かやましいことがあるから逃げたんじゃないですか？　犬はただの口実で、散歩以外の理由があるのでは？」

「本当に違います。そんなんじゃありません」

女性は顔を見られたくないのかずっと下を向いている。気になった惣太は腰を屈めて顔を覗き込んだ。

やはり、還暦を過ぎた女性だ。暗くても肌に張りがないのが分かる。よく見るとどこかで会ったことがある気がした。

「あの……俺と以前、どこかでお会いしましたか？」

「……いえ」

女性はふと右手を隠す仕草をした。

——おかしい。

右手の中指が鍵型をしている。それを見てピンときた。

「うちの病院に診察に来られたことがありますね」

「…………」

「違いますか？」

女性はまだ黙っている。

「俺のこと、知ってますよね」

そう言うと観念したのか女性が大きな溜息をついた。

「お話を聞かせて頂いてもいいですか？」

「……分かりました」

惣太は近くの公園まで女性と犬を連れて行った。


ベンチに並んで座っても女性はなかなか口を割らなかった。

当事者である伊武組の者を呼ぶと言うと、それだけはやめてほしいと懇願してきた。話が聞けなくなっては本末転倒なので、惣太は女性を落ち着かせて話を聞くことにした。

「大丈夫ですか？」

「……ええ。すみません」

公園内にある自動販売機で買った紅茶を渡すと、女性は素直に受け取ってくれた。

「何か事情がおありなんですね」

「…………」

「すみません」

犬は大人しくお座りしている。確かに大きい。その頭を撫でてやると嬉しそうな顔をした。

「探っているのは双子の悠仁と茉莉のことですね？」

女性はしばらく考える仕草をした後、コクリと頷いた。

やはり、そうかと思う。あの時、診察室で子どもの往診の質問をされたことが不自然で、ずっと心に引っ掛かっていた。

女性は覚悟を決めたのかぽつぽつと話し始めた。

「先生は事情をご存じなのでしょうか？」

「伊武組の若頭と悠仁くんの主治医ですので、少しは」

女性は何か納得するように軽く頷いた。それでもまだ躊躇が見える。

「……その、どの程度というか……双子のことや他のことも含めて、あの――」

「あくまで主治医としてですが、若頭をはじめ双子の置かれている状況や母親のことについては、診察上必要なことでしたので伺っています」

「そうなんですね」

女性は小さく息をついた。惣太がここにいることに対しても腑に落ちたようだった。

主治医という立場に納得がいったのだろうか。

「双子の悠仁くんと茉莉ちゃんは、私の息子である英照《えいしょう》の子どもです。私は双子の祖母に当たります」

「お孫さん……ということですね」

「はい。あの――」

女性が顔を上げる。この続きを話すかどうか逡巡しているようだ。けれど、本家の人間を呼ばれることのリスクを考えたのか、女性は迷いを消すようにはっきりと話し始めた。

「息子の英照とは恥ずかしながら何年も音信不通の状態でした。それが突然、事故に遭って……トラックの衝突事故で即死でした。私は何も知らなくて……亡くなった時も、仕事をしていた同僚の方と一緒に車の事故に巻き込まれたと……当時はそう聞いていました。これまで英照が本家の女性と暮らしていたことも、子どもがいたことも、何一つ知りませんでした」

「本家の女性とは、つまり――」

「そうです。伊武組の長女の佐有里さんです」

「お二人はその……内縁関係だったということでしょうか？」

「私は詳しいことは知りません」

「一緒に暮らしていただけで入籍などはしていなかったと」

「そうだと思います。ですが、あの双子が息子の子どもだというのは事実です。茉莉ちゃんはお母さん似だと思いますが、悠仁くんは幼い頃の息子にそっくりで……。私の期待からそう思ってしまうのかもしれませんが、初めて悠仁くんを見た時は心臓が止まりました。英照が生まれ変わったんじゃないかと」

孫を初めて見た時の衝撃――その気持ちは理解できる。

長く離れていた息子の突然の死を知った時、身を切られるようなショックを受けただろう。自分の全てを失ったような、世界が終わったような、言葉にできない絶望と喪失感を覚えたはずだ。

後に噂を耳にして孫を見た瞬間、息子の面影を目の当たりにして執着してしまう気持ちは分かる。

「お気持ちはお察ししますが……会いたいのなら、ごく普通の手順を踏んで会われた方がいいと思いますよ。こんなことをしても意味がない。お互い不幸になるだけだ」

「…………」

「それとも、ヤクザが怖いですか？　息子が愛した相手がヤクザの娘だったというのは、あなたにとって受け入れがたいことでしょうか？」

思わずそんな言葉が口をついて出た。

女性は感情を押し殺したように下を向いたまま答えなかった。

「双子をどうにかされるおつもりですか？」

「……分かりません」

女性は口ごもった。

「悠仁くんの怪我の診察をしたのは俺です」

「それは……はい……」

「双子はとても幸せに暮らしていますよ。俺の立場で言えることではないかもしれませんが、事を荒立てずに双子の幸せを一番に考えて頂きたいです。犬を連れて外からうかがうのではなく、別のやり方で祖母として正しい愛情の伝え方があるのではと、僭越ながら思いました」

「……そうですね」

すみませんと謝ると女性はそれ以上、何も言わなかった。

今後、屋敷を偵察するようなことはしないと約束できたわけではないが、惣太の思いは理解してもらえた気がした。

会話が少し噛み合っていない気もしたが、悪い人ではなさそうだ。きっと、分かってくれるだろう。

女性の背中を見送りながら、惣太は佐有里の気持ちを思い浮かべていた。

純粋な恋だったのだろう。

そして本気の恋だった。

だからこそ、ヤクザの娘であることを一途に隠し通した。子どもを設けた後もそれを貫き、夫と共に堅気の仕事に励んで双子にたくさんの愛情を注ぎ育てた。

誰の力も借りずに――。

それがどれほど過酷で困難なことか、惣太には分かる。幼い子どもと向き合い、命を預かる仕事をしているからだ。

佐有里はどう思っているのだろう。

今のこの状況をどうしたいと思っているのか――。

考えても亡くなった人の気持ちは分からない。

けれど、佐有里が守り通したかったものを惣太も守りたいと思った。

次の日、仕事を終えて病院の裏口を出ると男が待っていた。

長身のスーツ姿で伊武だとすぐに分かった。無言のまま吸い寄せられるように近づくと伊武が一言、すまないと謝った。惣太は首を左右に振った。

会えて嬉しい。

心の中に温かいものがじんわりと広がっていく。

理屈じゃない。やっぱり好きだと、そう思った。

「あの後、田中や松岡からも散々注意されたが、俺の独りよがりな行為が先生を不安にさせてしまったようだ。本当にすまない」

「違うんです」

「え？」

「伊武さんは何も悪くない。何も間違ってない。俺の心が弱かったんです」

「先生？」

少し歩こうかと言われて頷く。

裏口のアプローチを出て、夜の歩道に出た瞬間、手を繋がれた。

――あ……。

きゅっと力強く握られて泣きそうになる。

仕事で疲れてくたくたになった夜、こんなふうに手を握ってくれる人がいる。それだけでたまらなく幸せだ。そんな小さな幸せの力を思い知る。

「……会えてよかった」

伊武が溜息交じりで言う。惣太も同じ思いだった。

「会えない間、ずっと先生のことを考えていた。仕事も手につかず、自分が過去にした行動や言動を何度も思い返していた。先生の笑顔を思い出すたびに胸が苦しくなった。それを失くしたくないと強く思った」

「……すみませんでした」

「これまで俺はそれなりの修羅場を潜り抜けて生きてきた。もちろん本家の御曹司として甘やかされて育った部分はある。だが、仕事上では投資家や経営者として常に厳しい決断を下してきた。若頭としての立場もそうだ。決断の結果が全て自分の責任である以上、他の誰とも痛みを分かち合うことはできない。とても孤独だ。そのおかげか、忍耐力や度胸は人よりある方だと思っていた。だが――」

伊武が惣太の目を見た。

「先生を前にすると俺はいつも丸腰になる」

「丸腰……ですか?」

「そうだ。どれだけ経験を積み重ねても、人には鍛えられない場所がある。誰かを本気で好きになったら経験なんて無意味だ。経験値はゼロになってしまう」

「………」

伊武も自分と同じように不安や恐怖を抱えているのだろうか。

――ハートが強いのに……なんで。

伊武はどんな時でも、状況を素早く見極めて最適な判断ができる男だ。惣太との恋愛でもそれができていると思っていた。忍耐力と決断力は男としての武器だ。違うのだろうか？

「本家に連れて行ったのは俺が先生に本気だということを分かってほしかったからだ。もちろん、可愛い先生を皆に見せびらかしたい気持ちや、自慢したい気持ちがあったのは事実だ。けれど、俺の本当の姿を知ってほしかったし、本家のことも知ってほしかった」

「俺は――」

言葉に詰まる。

――知らなかった……。

伊武の気持ちを何も理解していなかった。

自分だけが恐怖を感じ、釣り合わないと落ち込んでいた。

なんて身勝手だったんだろう。独りよがりだったんだろう。

伊武の本心を知って胸が痛くなる。

「一方的だった。事を急ぎすぎた。先生には先生のペースがある。それを理解していなかった。好きという気持ちで先走ってしまった」

「伊武さん……」

言葉がいつもよりたどたどしい。伊武が自分の気持ちを自分の言葉で素直に話してくれている。

それが分かって嬉しい。

惣太もこれまで思っていたことを率直に話してみようと思った。

「独りよがりだったのは俺の方です。嫌われるのが怖くて……傷つくのが怖くて……でも、それは全部自分の弱さゆえのことでした。伊武さんは何も間違っていない」

伊武と出会うまで自分は強い人間だと思っていた。

勉強も仕事も頑張れば必ず結果がついてくる。諦めなければ夢は叶う。

たとえ困難なことがあっても努力をすれば報われることを、身を持って知っていたからだ。

事実、惣太は負けん気の強い性格で、これまで信念を持って外科医として第一線で活躍してきた。

けれど――

恋愛では通用しない努力がある。思いがある。

人間には誰にも鍛えることのできない、柔らかい部分があるのだ。

そんな自分の弱さを、惣太はこれまで素直に認められなかった。

――そうか。

人を信じる難しさを知る。それは自分の弱さとの戦いでもあるからだ。

「伊武さんがなんの迷いもなく俺に好きと言えるのは、俺を信じているからですよね。そして、たとえ俺に傷つけられてもそれを受け入れる覚悟があるから。相手を好きな自分を信じられるからそう言えるんですよね」

「先生……」

「俺もその強さが欲しいです。伊武さんをもっとちゃんと愛したい」

伊武の手をぎゅっと握りしめる。すると同じように強く握り返してくれた。

「先生の不安を理解して、それをケアできなかった己に腹が立つ。それができてこその俺だ。先生は何も考えなくていい。俺といるだけで、楽しくて幸せであるべきなんだ」

「甘やかさないで下さい」

「先生はもっと俺に甘えるべきだ」

「そうじゃなくて」

伊武が笑っている。

「俺に贅沢させようとしたり、俺が怖がったからといって本宅のインテリアをぶち壊したりしないで下さい」

「やったのは風井だ」

「人のせい……」

「猫の頭は俺だが」

「…………」

「とにかく――」

素直になろうと思う。

もっと伊武を真っ直ぐ愛そうと思う。

不安や恐怖から逃げない自分でありたい。

それが本当に人を愛するということだから。

「急ぎすぎたのは事実だ。だから、もっと簡単なことから始めよう」

伊武の足が止まる。

風が吹いて伊武の前髪が揺れた。真摯な瞳がはっきりと見える。

「俺のマンションで一緒に暮らさないか?」

「――はい」

惣太は迷いなく答えた。

「俺もそれを望んでいました」

「先生……」

これまでならきっと迷っていた。すぐに返事ができなかっただろう。

でも、もう大丈夫だ。

「一緒に暮らしたら、みっともない所を見せてしまうかもしれません。これまで見せてない所も見せるかもしれません」

「それは俺も同じだ」

「伊武さんは完璧だから――」

「俺は先生と生きたい。一生を共にしたい」

二人の視線が真っ直ぐ重なる。惣太も同じ気持ちだった。

「一緒に生きるというのは、単純に一つ屋根の下で暮らすことじゃないだろう。お互いの全てをさらけ出して相手の人生を引き受けるということだ。俺はどんな先生でも受け入れる、その覚悟ができている」

「伊武さん」

不意に手を引かれる。そのまま伊武の胸にそっと抱き締められた。

体ごと引き受けられて、揺れていた心が凪ぐ。

伊武の懐はよく知った匂いがした。

——ああ、温かいな……。

この人を好きになってよかったと思った。

本当によかった。

6. 甘い生活

あの後、惣太は伊武に犬の話をした。

屋敷を偵察していたのは女性でそれが双子の祖母だと言うと、伊武は静かに「そうか」と頷いた。

その女性が惣太の話を聞いてくれて、もう屋敷を探るようなことはしないだろうと話すと、伊武は黙り込んでしまった。

納得していないのだろうか？

今後、女性の方が双子と交流を持ちたいのであれば、きちんとしたアプローチがあるだろう。それにどう対応するかは伊武と両親が決めることだ。惣太が口を出すことではない。

惣太の印象として、女性はヤクザに対して恐怖心があるように見えた。惣太を本家の人間と間違えて逃げ出したり、伊武を呼ぶと言うとそれだけはやめてほしいと懇願したりもした。やはり、どれだけ可愛い孫のためといっても自分と家族にヤクザの繋がりができることは避けたいのだろう。

その気持ちは理解できた。

——良い形で双子と会わせることができればいいけど……。

問題が複雑すぎて簡単に答えは出せない。

惣太は伊武の判断に任せることにした。

「オーライ！　オーライ！　ストップ！」

四トントラックに田中が声を掛けている。惣太の引っ越しの日がやってきた。

慣れ親しんだタワーマンションの三階から退去を決めたのはつい先日。これから伊武の部屋に向かう予定だ。引っ越し作業は伊武組の組員たちが手伝ってくれた。雷神が予想外の力持ちで電化製品を次々と運んでくれる。冷蔵庫など一つの部屋に二ついらないものはリサイクルに回して、残りの荷物を伊武のマンションに運び込んだ。

ガランとした部屋に、今までありがとうと挨拶する。

この部屋は後期研修医になった時から住んでいた。約七年だ。その時は一生住むんじゃないかと思っていた。仕事で忙しい自分が、恋愛や結婚はもちろん誰かと同棲できるとは思ってもみなかったからだ。

——なんか、あっという間だったな。

長いようで短い七年だった。

最後、フローリングに雑巾がけをする。

ドキドキする気持ちと背筋がピンと伸びるような緊張感が交互に襲ってきた。

——今日から伊武さんと暮らすんだ。

これからどんな毎日が待っているのだろう。

楽しみで仕方がない。

二人の甘い日々を想像しながら、惣太は額にかいた汗をそっと手の甲で拭った。

引っ越し作業が終わった後、皆を連れて食事に出掛けた。

惣太が手伝いの礼を言うと、皆、構わないと笑顔で応えてくれた。

田中はこれで安心できると安堵の表情を見せ、松岡はようやくご一緒になられるんですねと、新しい二人の門出を応援してくれた。風神と雷神も揃ってお祝いの言葉をくれる。

――嬉しい。

皆と過ごすことで惣太の世界も変わった。以前よりも笑顔でいる時間が多くなったと思う。

これから自分がどうなっていくか、そして伊武組や組員たちに対して何ができるかは分からないが、皆に認められるような若頭のパートナーでありたいと思った。

食事を終えて皆と別れ、伊武と二人で部屋に戻った。玄関に入って靴を脱ぐ。

「お邪魔し……間違えた」

「自分の家だぞ」

「そうですね」

一緒に靴を脱いで中に入るのがなんだか気恥ずかしい。

――本当に一緒に暮らすんだ。

甘酸っぱい気持ちが込み上げてくる。

「じゃあ先生、これからよろしくな」

「はい。こちらこそ、よろしくお願いします」

言って目を合わせて二人で盛大に吹き出した。

なんだろう、これ。恥ずかしくて身の置き場がないのに、温かくて幸せだ。

同棲ってこんな感じなんだと実感する。

脱いだ靴を玄関に置いたままにせずシュークローゼットに片付ける。棚に並んでいる靴を眺めながら、甘い生活のスタートを二人で噛み締めた。


片付けはその日のうちに終わらず、開けていない段ボールを幾つかそのままにして夜を迎えた。

お揃いのパジャマに着替えてベッドに潜り込む。色違いのラフな部屋着もスウェットもあったが、今日はお気に入りの紺のパジャマが着たかった。

「なんか変な感じだなあ」

伊武と並んで天井を見上げる。

これまでも同じような時間を過ごしてきたのに、そのどれとも違う。凄く新鮮だ。

「ああ、幸せだ」

伊武が溜息交じりで呟く。

「なんか眠れないです」

「そうだな」

話をしようと言われて頷く。

「俺の両親の話ってしましたっけ?」

「どんな話だ」

「今、ふと思い出しました。このベッドのおかげで」

伊武がふむと頷いている。

「俺の両親は、放任主義まではいかないけど自立を促す教育方針で、兄貴も俺も小さい頃から自分の部屋のベッドで寝ていました。でも両親は一つのベッドで寝ていて、そのベッドが古くて小さいものだったんです。セミダブルもない大きさで……だから初めて医者として給料をもらった時、両親に大きなベッドを買ってあげようと思って、それを言うと『いらない』って断られました」

「なんでだ?」

「俺もそう思って訊くと、狭いベッドだから喧嘩しても夜には仲直りできるんだと、嫌でも抱き合って眠るしかないから、それがいいんだって母親は笑ってました。確かに二人はぎゅっと抱き合って眠ってるんです。そうしないとどちらかが落ちてしまうから。塊になった小動物の冬眠みたいで笑っちゃうんですけど」

「可愛いな。カワウソ版のシルバニアファミリーみたいだな」

「兄がブラコンなのは多分そのせいです。俺が夜に怖くなって両親のベッドに行ってももう入れないから、いつも兄貴のベッドに入ってました。兄貴はその小さなベッドのせいで父親の代わりを担わされたんです」

「そうだったのか。お兄さんは先生を溺愛してるからな。妬けるが、小さい頃の先生は可愛かっただろうな……」

兄の凌太は、惣太は怖がりだからといつも布団の端っこを上げて中に入れてくれた。三つしか歳は違わなかったが、それでも兄の優しさは惣太にとって大人に見えた。

「この引っ越しで伊武さんがベッドは一つでって言ってくれて凄く嬉しかった。部屋は一緒がいいなって思ってましたけど、こんなふうに毎日、同じベッドで話せたら嬉しいかなって。一つだとより近くで眠れるし」

「先生のご両親のように団子になって寝よう」

「大きさが違いすぎますけど」

「これだと先生が俺の付属品みたいだな」

長い四肢で惣太を抱き込んで体格差をアピールしてくる。

「酷い」

「可愛い」

「またそうやって愛玩してくる」

「愛でたくなる先生が悪い。声もフォルムも仕草も可愛い」

「当直明けはブサイクですよ」

「それも可愛い」

伊武の脚を抜けようとするとさらに締めつけられる。動けなくなった。

実家の餡団子を思い出す。

「束縛が酷い」

「ただの抱っこだ」

「言い訳」

「悪口」

単語の応戦が続く。

「でも伊武さんの独占欲ってなんか広いなあ」

「どういう意味だ？」

「グーグルアースみたいに宇宙規模からフォーカスしてくる感じです」

「ん？　海原のように広く、周りを囲むようにか」

「そうです」

「独占欲。海水欲？　確かに俺は欲深い」

「違います」

「夏になったら海へ行こう」

「いいですね」

「組貸し切りのヌーディストビーチにでも行こうか。浮き輪やパラソルを用意してビーチチェアに寝そべるんだ。だが、帽子とサングラスは必要だな。先生は色が白いから」

サングラス姿で下半身を露出しながらシャンパンを飲んでいるヤクザの姿を想像する。これは酷い。

「新進気鋭の露出狂みたいですね」

「現代アートだ」

「違います」

「南国の太陽の下で生まれたままの姿になるんだ」

「医学的に見ても生まれた時とだいぶ違いますよ」

「ツッコミが細かい」

くだらない会話が続く。

伊武はどんな赤ちゃんだったのだろう。そんな姿も知りたいと思った。

「そうだ。先生のために部屋のインテリアも替えないとな」

「このままでいいです。どこも綺麗だし」

「せっかくだから、手始めにこの寝室のカーテンを替えようか」

「………」

「今度の休みに一緒に買いに行こう。デートついでに先生が選んでくれ」

何色がいいかなと想像する。

フィジーの空のようなスカイブルーもいいし、タヒチの夕焼けのようなオレンジでもいい。

気分が上がるような色にしようと心に決めた。

話しているうちに眠くなった。伊武の胸にすっぽり収まって温かくなったせいか、あくびの後、すっと意識が遠のいた。それでもしばらくの間、伊武が髪を撫で続けてくれたことは覚えていた。

「なんかおまえ浮かれてないか？」

午前のデューティーを終えてはくようでランチをしていると林田から声を掛けられた。

トレーを持った林田が惣太の隣に座る。

「さっきから何、見てるんだ？」

「何って……カーテンだけど」

「カーテン？　その笑顔でか？」

惣太は天むすを食べながらスマホでオーダーカーテンの画像を見ていた。寝室に合うのはどんな色かと考えながら各メーカーの主力ブランドを検索していた。

「あ、そうだ。言ってなかったけど俺、引っ越したから」

「なんだおまえ、とうとう嫁に行くのか？」

「そうじゃなくって、ただの同棲だけど」

「はあ？　それでそんな顔してるのか。分っかりやすいな。新妻の顔でニヤニヤしやがって」

顔が溶け崩れるぞ！　と罵ってくる。

大丈夫だ。溶けてなどいない。

惣太が確認のために頬を触っていると、林田が納得いかない顔をした。

「おまえ、ついこの前まで『俺と愛しの若頭との身分差に悩んでて……辛いんだ凄く。しくしく』って言ってなかったか？」

しくしくなんて言ってない。もし言ってたら漫画だ。

「腹立つなあ。なんでそんな幸せそうなんだ」

「おまえ同棲したことある？　夢みたいに幸せだぞ」

「口ひねるぞ、こら」

「なら、どうぞ」

「ああ、くそ！　その小生意気な小動物のドヤ顔。鏡で見てみろ！　自分でもムカつくぐらいだぞ」

「落ち着けって」

「童貞のおまえに先を越されるとは……なんて日だ」

林田は霊長類の雄ゴリラとしてのプライドをなんとしてでも守りたいという表情をしている。

「この前はありがとうな。林田のアドバイスのおかげで助かったよ」

「感謝の気持ちを表しつつ笑顔で逆張りしてくるとは……」

「考えすぎだって。心配するなよ、林田にももうすぐ春がやってくるから。仕事ができて頼りがいのある野性味に溢れたゴリラなんだぞ。モテないわけないだろ」

「やかましいわ！」

ふと今朝の光景を思い出した。

洗面所で歯を磨いていると背後に伊武が来た。鏡に長身の伊武と重なった惣太の姿が映っている。体格差が愛おしい。鏡の中で目が合い、歯を磨きながら上を向くとまた目が合った。

——幸せだ。

色違いのフェイスタオルが二枚。廊下にはスリッパが二つ並んでいる。

マグカップはもちろんお箸やお茶碗もお揃いだ。

朝食を食べ終えて二人で出掛ける準備をする。最後に鏡で前髪を確認すると、残像としてコップに立て掛けられた二本の歯ブラシが目に焼きついた。

——ああ……。

幸せってこういうことなんだなと思う。

「マジでぶん殴りてぇ」

林田の言葉で我に返る。

「この温度差感じろよ。俺が低体温症になるわ」

「林田も遊びに来ていいぞ」

「誰が行くか」

「なんで」

「ヤクザとカワウソが住んでる部屋になんか行けるかよ」

「そう言わずに」

「うるせぇよ」

俺を巻き込むなと怒っている。その顔にも光が当たって尊いと思った。綺麗なゴリラだ。

「……なんか眩しい」

「またかよ」

世界が眩しい。

林田の呆れ顔を無視しつつ、天むすを片付けた惣太は残りのカレーラーメンをずるずるとたいらげた。


一緒に暮らし始めてから伊武の仕事が忙しくなり、惣太も診察やオペ以外の業務が重なって病院で過ごす時間が多くなっていた。二人のタイミングがなかなか合わず、帰っても話ができない日が続く。それでも伊武といられるのが嬉しく、寝ている間に脱いだ服が片付けられていたり、簡単な朝食が作って置いてあったりする、同棲の幸せを甘く噛み締めていた。

ようやく迎えた週末、伊武に誘われて街に出た。

代官山でランチを済ませ、決めてあったオーダーカーテンをショップで注文する。その後、同棲のお祝いも兼ねて二人で乗馬に行かないかと誘われた。

伊武組は競走馬のオーナーブリーダーとして全国各地にファームを所有し、称号を持ったサラブレッドを多数所持している。一方で富裕層に向けた乗馬クラブも経営していた。

伊武も馬主の立場で中央競馬界と深いかかわりがあり、そこにキナ臭いものを感じないでもないが……ヤクザなので仕方がない。

伊武は真っ直ぐ真面目にヤクザをやっている。健やかにのびのびとヤクザに育ったのだ。

——真面目にヤクザをやっているから、より怖いのかもしれないが……。

裏家業の核の部分は惣太も知らない。投資家としての顔や社長としての顔は見たことがある。けれど、ヤクザの顔は知らない。

先生は知る必要がないと伊武は言う。

確かにそうかもしれない。

世の中は、政治や経済であっても自然の摂理と同じような自浄作用とパワーバランスが働いている。株式なんかもそうだ。伊武組が本当に害悪で人から必要とされなければ、おのずと淘汰されていく。組が存続している以上、存在する意味があるのだ。

「どの馬に会わせようか。牡は危険だ。先生の魅力は種族を超えてくるからな。といってもクラブにいるのはほぼ騸馬《せんば》だが」

騸馬は去勢された牡馬のことだと説明してくれる。鼻歌交じりで何やら楽しそうだ。

「先生は馬が好きか？」

「……好きなのかな」

ちゃんとした馬には乗ったことがない。子どもの頃にお試しでロバみたいな馬に乗ったきりだ。ちゃんとできるか不安に思いながら乗馬クラブへ向かった。

伊武のランボルギーニで中央自動車道を爆走すると一時間半で山梨に到着した。

久々のドライブデートにテンションが上がる。

途中、サービスエリアで休憩をしつつ乗馬クラブに到着すると別世界が広がっていて驚いた。

小渕沢の山間に作られた乗馬クラブは八ヶ岳連峰のちょうど中腹に位置し、壮大な南アルプスを背景に赤い屋根の建屋が鎮座していた。看板に『天空の乗馬クラブ』と案内がある。それも嘘ではなく、標高一千メートル越えのロケーションからは澄んだ空気と手つかずの大自然が享受できた。

「凄い……」

「先生こっちだ」

雄大な山々の景色に驚いているとクラブハウスに招かれた。乗馬に必要なヘルメットやプロテクター、トラウザーズやブーツなどは全てレンタルできるらしい。伊武があれこれ吟味しながら惣太を着替えさせてくれる。惣太は鏡の前に立っているだけだ。

「これでいい。イングランドの王子様みたいだな」

「どこが」

自分でツッコんでいて虚しかったが伊武は気づいてないようだ。ヘルメットから出ているサラサラの栗毛が罪だと隠すのに忙しい。

「うん、可愛い。行こうか貴族の美少年」

「平民の三十路です」

いつの間にか着替えていた伊武に手を引かれる。

ふと顔を上げて、あまりの伊武の色男ぶりにときめいた。脚の長さを強調するような純白のトラウザーズと黒のブーツがその長身に似合っている。彫りの深い横顔は絵画のエッチングのようで、漆黒のシャツとジャケットが美しい陰影となり、まさに極道の騎士だ。反対に惣太は海外で売っているお菓子の箱に描かれた衛兵のようだった。どことなくおもちゃ的なコスプレ臭が漂っている。

白い柵で囲まれた馬場《グラウンド》に出ると伊武が厩舎から一頭の馬を連れてきた。思わず溜息が洩れる。一目でユニコーンだと思ったその馬は銀色の毛を持つサラブレッドだった。

——なんて綺麗なんだろう。

人間の英知を結集した芸術品ともいえるサラブレッド。

一方で生命としての機能を一部欠損しているほどのアンバランスさを抱えている。その哀しみにすら気高さを感じるほどだ。

「エクセリオンだ」

「エクセリオン……」

もう名前からして凄い。

「映画やCMの撮影でも使っている馬だ。頭がよく、性格も温厚で人に慣れている。先生も乗れるだろう」

伊武によるとエクセリオンは芦毛《あしげ》と呼ばれる毛色の牡《おす》で去勢も済んでおり、非常に商品価値の高い馬だという。そんな馬には易々と乗れない。多分、今日乗って来たランボルギーニより価値がある。

「ここを撫でてやってくれ。その触り方と目線で相手がどんな人間かを判断する」

「うっ……」

恐ろしい。五秒で従う価値のない人間だと判断されそうだ。

馬は相手を一度バカ認定すると二度とその背中には乗せてくれないと聞いたことがある。

伊武が指す首元を恐る恐る触る。すると、エクセリオンが耳を立てた状態で惣太の方をじっと見た。怖い。目に嘘がない。そんな惣太を伊武が面白がって見ている。

「先生」

「え？」

不意に伊武が惣太の頭を撫でた。ついでのように頬にキスされる。すると、エクセリオンが何か理解したような顔をした。訝しむような表情が消えて、営業スマイルのような朗らかな雰囲気を感じる。

「俺が大切にしている人間だと理解したようだ」

「頭がよすぎて怖いです……」

「ただの本能だ」

「その辺の営業マンより空気読むの上手いな……」

仕事ができそうな馬だ。エクセリオン部長と呼ぼう。

伊武によるとここにいるサラブレッドは皆、学習能力が高く、性格も温厚で社交的だという。

「牡が多いんですか？」

「牝《めす》もいるが、乗馬用の馬はほとんど去勢した牡だ。牝は感情の起伏が激しくてヒステリーを起こすからな。拗ねると機嫌が直らず、一年でも二年でも拗ねている。それもまた可愛いが、我儘なお姫様だ」

「面白いですね」

「エクセリオンは大丈夫だ」

褒められたのが嬉しかったのかエクセリオンが首を縦に振った。

手始めに伊武が騎乗する。

鐙に足を掛け、魔法のようにひらりと鞍に乗った。手綱を短く持って腹を蹴り、発進の指示を出す。するとエクセリオンが待ってましたと言わんばかりに蹄の音を鳴らした。すぐに加速する。

「わあ……」

風を切って走っている。

伊武も馬も映画のワンシーンのように優美だ。

グラウンドを周回する姿がスローモーションのように見える。

――ああ、なんてカッコいいんだろう。

美しい騎乗姿勢で颯爽と駆け抜ける伊武を見て胸がいっぱいになる。

なめらかな走りに、伊武とエクセリオンが信頼関係で結ばれているのがよく分かった。

「先生！」

ジャケットの裾をはためかせながら一直線に惣太の方へ向かってくる。惣太の目の前でエクセリオンがぴたりと止まった。

「先生、おいで」

「え？」

腕を引かれてそのまま抱き上げられる。躊躇する暇もなく、馬の上でお姫様抱っこの体勢にされた。

「このまま先生を攫ってしまいたい」

「…………」

「好きだ」

伊武の顔が近づく。

すっと筆で刷いたような眉と切れ長の瞳。体温の低そうな色男にもかかわらず、その目は情熱的だ。伊武だけが持つヤクザの引力にキュンとしていると唇に柔らかいものが触れた。

——あ……馬上のキスだ。

表情のギャップにくらくらする。ヘルメットをかぶっている伊武はいつもの数倍、男前だった。

——もう……。

嬉しくて、胸がいっぱいになって、泣きそうになる。

幸せなのに、どうして泣きそうになるんだろう。

なんで俺、毎日泣きそうなんだろう。

訳が分からない。

攫うと言われて「どこへ?」と浮かんだ間抜けな質問も、一瞬でどこかへ吹き飛んでしまった。

「先生が好きだ」

目が合うだけで心臓が高鳴る。

嬉しさと恥ずかしさと、好きだという気持ちが絡み合って、胸が膨らんで言葉が出ない。

男らしさと芸術的な香気がその乗馬服の隙間から漂ってきた。

――そうか。

似てるんだと思った。

エクセリオンと伊武は似ている。

特別な環境で育った幸運と不運。その光と影。

自分で選ぶことのできない宿命を生まれながらに背負っている。

サラブレッドは速く走ることだけを目的に作られた生き物だ。頭が小さく四肢が長い分だけ怪我をしやすい。つまり、天賦の才を手に入れるのと同時に死のリスクも負わされている。その研ぎ澄まされた能力とアンバランスさは表裏一体で不可分なものだ。

――なんか恐ろしいな……。

逃げ出したくても逃げられない輪廻の輪。誰とも分かち合うことのできない業。

荒涼とした心象風景を想像して背筋がゾクリとする。

ずっと思っていた。

心のどこかで心配していた。

――伊武さんは絶対に見せなかったけど……。

誰からも憧れられる孤高の存在でありながら、その実、人一倍の孤独と痛みを抱えている。

伊武とエクセリオンが深い部分で共鳴しているとしたら、惣太もその孤独を理解したいと思った。

――人生を共にすると心に決めたから。

だから伊武の全てを受け入れたい。伊武がこれまで抱えてきた孤独や痛みも引き受けたい。

風が吹く。エクセリオンの鬣《たてがみ》が悠然と揺れた。

それにも気づかず、静かで甘い馬上のキスはいつまでも続いた。

二人乗りでグラウンドを走った後、そのままクラブの外へ出た。

乗馬にはホーストレッキングと呼ばれる山道や森林の中、草原や海岸などを走るものがある。乗馬クラブの周囲は森で囲まれているため、その山道をエクセリオンに乗って走った。

「凄いな……」

「楽しいだろ?」

「エクセリオンはこんな場所でも走れるんですね」

「ああ、訓練してるからな」

トレッキングでは普通、二人乗りはしない。エクセリオンは撮影で慣れているため大人二人を乗せても安定して走れるようだ。騎乗者に負担を掛けないよう、道を選んで歩いているのが分かった。

「南アルプスが見えるクラブのグラウンドもいいが、森の中も綺麗だろ」

「……なんか落ち着きます」

森の景色はもちろん、木々と足音、土の匂いに癒される。

「今の時期も綺麗だが、紅葉の季節になると落ち葉が地面に広がってより美しいんだ。一面、赤と黄色になる」

馬の背から見ているせいか視野が高く、一帯を見渡せる。光が斜めに差し込む森の中で、落ち葉や切り株も上から見ることができて感動する。濡れたような苔が木の根に生えている所まで見えた。

「ああ……」

非日常感が凄い。ひょっこりと森の妖精が出てきそうだ。

木々の間を抜けて、急に道が開けた。

――あ……。

山間部の平地にはススキが広がっていた。秋に訪れたら穂を垂らして綺麗だろうが、今は青々とした茎が天に向かって伸びている。風に揺れる海原のような草原が一面を埋め尽くしていた。

「凄い……」

「この景色を見せたかったんだ」

ススキの葉の緑と青空との対比が美しい。山を背景に壮大な高原地帯が広がっていた。

さわさわと葉擦れの音がする。

そこに風の音が混じって聴覚が鋭敏になった。

目を閉じて聴いてみる。

――大地の音だ。

病院や街の中では聴こえない自然の音がする。

空気を胸いっぱいまで吸い込むと、土の匂いがして気持ちが落ち着いた。

ここで息をしているだけで癒される。自分も自然の一部なのだと実感する。

——生きてる。

恋をして仕事をして、自分の人生を生きている。

忙しい生活の中で変に巻かれた体の螺旋が元の形に戻るような、そんな気がした。

しばらくの間、馬から降りて周囲を散策した。エクセリオンも道草が楽しいようだった。トコトコと歩いては草を食んでいる。伊武と手を繋いで歩き、座って話をした。これまでのことこれからのこと。二人が出会った奇跡のような出来事のこと。

最後、立ち上がる瞬間に腕を引かれ、キスされた。不意打ちが悔しく、立ち上がれなかった惣太は意趣返しのように、今度は自分から手を引いてキスした。楽しい時間はあっという間に過ぎ去った。


だが——

帰り道、惣太は森の中で悶絶の声を上げた。

「もう……無理です……」

「先生、どうした?」

「尻が……俺の尻が……」

「先生?」

「俺の尻が割れました」

「尻は元々、二つに割れているが」

——そうじゃない。

乗馬に慣れていない惣太は馬の反動についていけず座骨が痛み始めた。

痛い、尻が痛い。尻の皮が痛い。とにかく痛い。

頭の中がぐるぐるする。

脳内で競走馬——いや妄想馬がそれぞれの称号を持って走り出した。マフィアナイトとエガオミセテが応援してくれる。けれど、イタミテイオウとオシリノカワイッタが頭一つ出ている。シリワリデビルの追随も危険だ。速い、速い、イタミテイオウの逃げ切りか！　惣太は腰を浮かせつつ懸命に頑張ったが、森を出てクラブハウスの屋根が見えた所で結果が出た。

オシリノカワイッタの完全勝利——！

それから一週間、惣太はお風呂のたびに悶絶することになる。

7. 指輪と真実

穏やかな日々が過ぎて、夏の季節がやってくる。

二人で暮らすことにも少し慣れ始めた頃、問題が起きた。

茉莉のバレエの発表会当日、悠仁が熱を出してしまったのだ。予定では祖父母と数人の組員、そして伊武が悠仁を連れて発表会に行くことになっていたようだ。伊武は看護師が常駐している病児保育を頼むというが、それを電話で知った惣太は、悠仁が可哀相になってしまった。惣太はちょうど輪番の当直明けで午後は休みだったため、悠仁の子守りを自ら申し出た。急いで通話を切る。

伊武は申し訳なさそうにしていたが別に構わない。

病院からタクシーで本家に行き、皆を見送ってから和室へ向かうと、悠仁が「ママ！」と半べそ状態で近づいてきた。

置いていかれたことが分かっているのだろう。

目尻に涙の跡が浮かんでいる。

抱き上げると安堵したのかはらはらと泣き出した。確かに体は熱いが病気のせいではない。それ以上に発表会に行けなかったことがショックなのだ。熱は大したことがなく、食欲はないようだが水分は取れている。心配しなくていいだろう。

「大丈夫だよ。すぐに帰ってくるから」

「……っく」

「茉莉の姿はパパが動画で撮ってくれるから。帰ったらみんなで観ようね」

「…………」

「お昼寝しようか？　目が覚めたらきっとみんないるよ」

「……うん」

畳に敷いた布団の上に悠仁を寝かせる。

悠仁が布団の隙間から手を伸ばして惣太の腕を引っ張った。

「せんせも……」

小さな手の弾力に胸がキュンとする。

仕方がない。

ちょうど自分も眠かった所だ。

惣太が上掛けの間に入ると悠仁が嬉しそうな顔をした。頼りない小さな頭が愛おしい。邪魔にならないように自分の体をできるだけ布団の端に寄せて悠仁を寝かしつけた。

頭を撫でてやると安心したのかすぐに寝息を立て始めた。そうしながらも時々、足で惣太の太ももを触って、近くにいるかどうか確認している。

――可愛いな。

自分より小さいもの、幼いものは、やっぱり愛おしい。

惣太を溺愛していた兄の気持ちがようやく分かった気がした。

こんなふうに誰かから自分の存在を必要とされた経験がないせいか、小さなことでも凄く新鮮に感じる。今まで惣太が必要とされたのは自分の努力で得た知識や経験やスキルだったからだ。

悠仁は惣太がここにいてくれることだけを素直に欲している。

それが分かって温かい気持ちになった。

――何もせずにただいることを許されるなんて……尊いな……。

自分が愛を与えているのではなく、反対に愛をもらっている気がする。

――愛おしい。

自然と笑顔になる。可愛くてたまらない。

惣太は肘を着きながら、近い距離で悠仁の寝顔を眺め続けた。


悠仁が完全に寝た後、惣太はトイレに行きたくなった。

和室を出て、長い廊下を歩く。

トイレを済ませると、ドレッシングルームにある芳香剤《アロマ》がなくなっていることに気づいた。買い置きがあるかどうか確かめるために戸棚を開ける。奥の方に詰め替え用の小瓶が見つかり、中身をディフューザーに注ぎ入れた。甘いワインの匂いが広がる。

手を洗って部屋へ戻ると布団の中が空っぽになっていた。

「あれ……」

シーツに手を当ててみるとまだ温かい。

悠仁もトイレに行きたかったのだろうか。けれど、すれ違わなかった。

もしかしてと、手が止まる。いなくなった惣太を探して外へ出てしまったのだろうか？

嫌な予感がして、庭を見ると大人の騒ぐ声が聞こえた。

慌てて上がり框から外へ出る。すると、庭で二匹の犬が走り回っていた。

ドーベルマンの正宗とそれよりも大きな犬——あの大型犬に似た犬種だった。

「悠仁？」

何事かと思って悠仁を探すと、大人の男性二人に囲まれていた。伊武組の組員だと思い、惣太が呼び戻しに行くと、悠仁の様子がおかしかった。

「おまえ伊武組の者か？」

「え？」

「こいつは違います。ただの一般人です」

「そうか、いい、連れていけ」

リーダー格の男が部下と思われる男に命令している。リーダー格の男は黒いスーツにサングラス姿、部下の男はオールバックにスウェットのジャージ姿で、どこからどう見てもヤクザだった。

訳が分からない。

伊武組の組員ではないのだろうか？

犬二匹はまだ庭を走り回っている。

「あの……」

惣太が声を掛けようとするとリーダー格の男が急に地面へ跪いた。王に傅くように悠仁の手を取って、顔を真っ直ぐ上げる。

「お迎えに上がりました、坊《ぼん》」

悠仁はキョトンとした顔をしている。何が起きているのか分からないようだ。

「お会いできて光栄です。やはり、若様にそっくりですね」

「………」

「坊はただ一人の跡継ぎ。正しい場所へ帰りましょう」

男はそう言うと悠仁を抱き上げた。そのまま惣太に向かって尋ねてくる。

「妹の方はどこにいる?」

「………」

どう答えたらいいのか分からない。黙っていると、男は舌打ちを残して体を翻した。

「いないのか?」

「待って下さい!」

「なんだ?」

「一体、どういうことですか。あなたたちは誰ですか。どうやってここへ――」

「部外者のおまえに話す必要はない。怪我をしたくなければ、そこで大人しくしてろ」

男が惣太を睨む。薄いサングラスの向こうにある一重が冷たく光った。

体温のない瞳。

――本物のヤクザだ。

怖い。悠仁を守らなければと思うのに抵抗ができない。背筋がヒヤリとして喉元が締まる。

惣太が恐怖で固まっていると、男二人が庭を出ようとした。

「あ、あの――」

本当に訳が分からない。一体、どうなっているのか――。

本宅には防犯カメラがあり、護衛をしている組員もいるはずだ。

今日は組長が不在のため警備の人数は少ないかもしれないが、それでも組長の本宅だ。こんなふうに簡単によそ者が入れるわけがない。

二の句が継げずにいると、存在を完全に無視された。悠仁を抱いた男が門扉に向かって歩いていく。

「悠仁！」

惣太が叫ぶと悠仁が頭だけで振り返った。そのまま惣太の顔を見てわっと泣き出す。違和感に気づいたようだ。すかさず惣太も声を上げる。

「俺はその子の主治医です。今朝、熱を出しました。まだ体調が悪いです。悠仁を返して下さい！」

「返す？　あんたおかしなことを言うな。坊は元々、うちの子だ。勝手に奪い取ったのはそっちだろう」

「どういうことですか」

「説明の必要はない」

「ですが――」

「あんたには関係ないことだろ？　伊武組に雇われているだけの、ただの医者に出る幕はない」

「そんな」

「立場を弁えるんだ」

「……っ、くそ――」

腹の底が熱くなる。嵐のような激しい感情が込み上げた。

惣太は男に向かって走り出した。

目の前が赤く染まる。

グラサンの脚にタックルしようとした所で部下の男に倒された。跪いたまま悠仁に手を伸ばす。

悠仁はまだ泣いていた。

「これは誘拐です。警察に通報します！」

「したければしろ。こっちは弁護士を立てて正当な立場を証明するだけだ」

「どういう……」

「理由はあんたんとこの若頭が知ってるはずだ」

「え？」

「いないんだろ？　帰ってきたら訊くんだな」

リーダー格の男はそれだけ言うと部下の男と共に門の外へ出た。不穏なシルエットが遠ざかる。

――どうしよう……。

パニックになりそうな己を必死に鼓舞する。

――警察に……いや、伊武さんに知らせないと。

惣太は反射的に和室へ駆け戻り、ぬいぐるみのポケットの中に自分のスマホを入れた。慌てて男の所へ戻る。

「すみません！」

見つからないだろうかと不安になったがこれしか方法がない。駆け足で道路へ出た。

「なんだ、まだ何かあるのか」

部下の男が車の後部座席のドアを開ける。男が乗り込もうとする前に声を掛けた。

「これを持っていって下さい。悠仁が大事にしている犬なので」

「早く渡せ」

「お願いします！」

男はぬいぐるみを受け取ると車を出せと部下に合図した。

やはりこの男はチンピラではなく本物のヤクザだ。堅気には手を出さない。極道としての立場をわきまえた上で相手に威圧感を与えて黙らせる。これ以上、この男に歯向かっても勝ち目はない。反対に悠仁の立場を悪くしかねない。一旦、引くしかなかった。

――悠仁……。

男が悠仁に危害を加えそうな素振りはない。それだけが救いだった。

「ベル！」

運転手の男が名前を呼ぶ。すると大型犬が走り寄って助手席のドアから中へ飛び乗った。すぐにドアが閉まって発進する。まるで訓練されたかのような動きだった。シルバーのメルセデスが遠ざかっていく。

何もできなかった自分が本当に情けない。

――早く、伊武に知らせないと……。

震える手を押さえながら惣太は屋敷に戻った。


伊武とはすぐに連絡が取れた。

惣太の慌て具合に、伊武は何かを察したようだった。

本宅に戻ってくる。その間も惣太と通話を続けていた。他の組員にこの事態を知らせないようにと、周囲を気遣うような言葉遣いをしている。惣太は直感的に、伊武はこのことを組長や組員たちに知られたくないのだと悟った。

――何か事情がある。

そう思った惣太は伊武を信じることにした。

タクシーで帰ってきた伊武はすぐに組のレクサスに乗り換えた。惣太の連絡で悠仁の居場所はすでに追跡済みなのだろう。動きに迷いがない。

惣太は電話で頼まれていた桐の箱を伊武に渡した。それは仏壇の奥に大切に仕舞われていた。

一体、何が入っているのだろう。なんとなく嫌な予感がする。

「先生は乗らなくていい」

惣太が当たり前のように助手席へ乗り込もうとすると、伊武が短く言った。

「ドアを閉めてくれ」

「そんな……」

「先生を危険な目に遭わせるわけにはいかない」

「危険な目って、一体どういうことですか？　説明して下さい！」

伊武は前を向いたまま答えなかった。すかさず言葉を続ける。

「悠仁を守り切れず、危険な目に遭わせたのは俺です。きちんと責任を取らせて下さい。お願いします」

伊武はしばらくの間、逡巡する様子を見せたが、惣太が助手席に乗り込んでシートベルトを締めると諦めたのか車を発進させた。

「もう分かってるんですよね？」

「………」

「悠仁の居場所も、相手が誰なのかも」

惣太は電話で、相手はヤクザの男二人だったと告げた。その時、伊武が黙り込んだ空気の重さと張りつめた気配で惣太は悟った。

伊武はこの事態が来ることを心のどこかで予感していたのかもしれない、と。

自分の思い過ごしだろうか。

「これは姉貴の問題だ」

「お姉さんの?」

「ああ。同時に姉貴の遺志でもある」

「……遺志ですか?」

「そうだ。俺は姉貴が最期まで守りたかったものを、絶対に守ってやりたいんだ」

どういうことなのだろう。意味が分からない。

お姉さんがヤクザの娘であることを隠していたことかと尋ねると、「違う」と答えが返ってきた。

伊武が溜息をつく。何かを決意するような長い溜息だった。

「これから行く場所は、敵対しているヤクザの本拠地だ」

「敵対するって……伊武組と縄張《シマ》りを巡って抗争を繰り返している、確か……東翔会とかいうヤクザですか?」

あの二人はヤクザだったが、伊武組にカチコミに来たわけではないだろう。目的は悠仁と茉莉の連れ去りで二人の行動は無駄がなく一致していた。

「そして、悠仁を連れ去った相手は若頭補佐とその部下だ」

「若頭補佐……確かにそんな雰囲気の二人でした」

「これから話すことは俺しか知らないことだ。親父もお袋も知らない。俺は知る必要がないと思っている」

「……はい」

「三郷会は元々、三郷会会長を代紋頭として、伊武組と八戸組がその系譜に繋がる代紋を掲げた巨大組織、いわば複合企業のような形を取った関東最大のヤクザ組織だった。ある時、三郷会会長が亡くなり、八戸組の幹部と三郷会会長の舎弟が次期組長の立場を巡って争った」

それを聞いて不自然に思った惣太が伊武の横顔を見ると、分かっているという表情をした。

「本来、舎弟と呼ばれる立場は組長の兄弟分で、その組の後継者になることはない。また、八戸組からすれば会長の舎弟は叔父貴に当たり、飛び越えて本意を翻すのは御法度でもある。普通ならこんな内部抗争は起きない。当時、八戸組では三郷会に反発する組員が多かった。ビジネスが多角化し、それに比例するように利権争いが激化したせいだ。つまり、一連の内部抗争は代紋頭の支配から離脱し、独立することを目的に起こした〝謀反〟のようなものだったんだ」

組長の立場を狙うというのは建前で、組織を内部から解体して自分たちの組を独立させることが本来の目的だった、ということだろうか。

「その内部抗争で八戸組は三郷会から離脱した。おのずと八戸組は三郷会系伊武組とも敵対することになった。現在は伊武組も独自の代紋を掲げた独立組織になっているが、姉貴が子どもを設けた相手はその八戸組の次期若頭だったんだ」

「え？　それって……」

「そうだ。敵対する組の子ども同士が恋に落ちたということだ」

「そんな――」

「俺は姉貴が八戸組の次期若頭である英照《えいしょう》に惚れていたことは知っていた。抗争が起きる前は伊武組と八戸組は頻繁ではないが交流があったからな。俺たちはある意味、いとこのような関係だったんだ。もちろん、親父やお袋はそれに気づいてなかったが」

「環境が似ている同世代だった、ってことですか」

「そうだな。だから、姉貴が家を勝手に飛び出した時、なんとなく予感があった。それから数年後、次期若頭候補である英照が行方不明になったと噂で聞いて確信した。あの二人は付き合っていると」

「じゃあ、ヤクザが嫌で飛び出したっていうのは？」

「それは半ば事実だろう。姉貴は組織が嫌いだった。だから飛び出した時は本気で堅気になろうと思っていたんだろう。これは俺の予想だが、姉貴は英照と落ち合って飛び出したんじゃない。本家にいた時は姉貴の片思い、それも気持ちを相手に告げないような恋だったからな。どこかで二人は偶然、再会したんだろう。それで本気の恋に落ちた――」

ふと佐有里の写真を思い出した。

とても幸せそうな顔で笑っていた。

――あれは好きな人と一緒にいられる喜びが表に出た顔だ……。

相手は写っていなかったが、写真を撮ったのは夫の英照だろう。

家族四人で幸せな毎日だったに違いない。

そんな問題を背後に持っているようには、とてもじゃないが見えなかった。

「英照は家を出た後も本名を名乗っていたようだが、姉貴は死ぬまで偽名で過ごしていた。保育園にもシングルマザーと言って双子を預けていたらしい。籍を入れていない以上、親子関係は母子のみで嘘ではなかったが、事実婚である英照のことは誰にも話していなかった。保育園の緊急連絡先にはどこで調べたのか俺の名前と住所が記載されていた。だから――」

伊武はそこで言葉を切った。

姉が亡くなった時、伊武に連絡が来たのだろう。

そこで伊武は全てを知った。

姉の覚悟と、姉が重ねてきた苦労を。

姉が守りたかったものの正体を悟った。そして、伊武はそれを守った。

――姉の遺志とは……。

双子を引き受けること、だったのだろうか。

伊武はそれを決意し、英照のことを両親に話さなかった。姉はシングルマザーだったと言って。

「これまで俺は――……」

伊武が言葉に詰まった。

「伊武さん?」

車が赤信号で止まる。

伊武が苦悩に満ちた表情を見せた。頬に影が差し、筋肉が硬く張りつめた。そんな姿を見たのは初めてだった。

過去に何か重大な問題があって解決されていない。そのことが現在の伊武を苦しめている。そんな気がした。

自分はまだ、何も知らないのかもしれない。

伊武のことも、組のことも。

そして、姉の本当の気持ちも。

――知りたい。怖いけど、全部知りたい。そして、伊武と姉のことを本当の意味で理解したい。

車は目的地に向かっている。外の音が全く聞こえなくなった。

レクサスの静かで重い走りは、これから起こる何かを暗示しているように思えた。

伊武の横顔を見つめながら、不安と恐怖に苛まれそうになる自分を必死で抑え込んだ。


八戸組の本宅は閑静な高級住宅街にある高台の一番奥に鎮座していた。

周囲が高い壁に囲まれた鉄筋コンクリートの建物で、伊武組と同じように外壁に防犯カメラがずらりと並んでいる。造りが複雑で一目見ただけでは何階建てか分からない。地下もあるのだろうか。

伊武が門扉に近づくと裏門がすっと開いた。中から初老の女性が出てくる。惣太に祖母と名乗ったあの女性だった。

「……本当にすみません」

女性は伊武の目を見た後、そう言って深く頭を下げた。

「中へ入って下さい。若衆たちにはきちんと話をつけてあります。何も危害を加えるようなことは致しません」

「悠仁を返してくれ。俺はそのためにここへ来た」

「……中にいます。熱も下がって元気にしています。どうかお話を――」

女性がそう言うと伊武が大きな溜息をついた。促されて門の中へ足を踏み入れる。

裏庭を抜けて建屋の中に入ると十畳ほどの応接室へ案内された。

六人掛けの応接セットと簡素なキャビネットがある。伊武と惣太がソファーに並んで腰掛け、その向かい側に女性が座った。部屋の空気が少し淀んでいる気がした。

「征一郎さん……立派になられて」

「そんな話はいい。悠仁を返してもらおう」

「…………」

女性は何か事情があるのかしきりに両手を擦っている。そんな姿を見て、惣太は胸が苦しくなった。

「このまま悠仁を返してもらえれば俺はそれでいい。事を荒立てたくはないし、このことを両親に知られたくない。悠仁と茉莉を守ることが俺の人生の目的――役目だからだ」

「あの――」

「いつ、事実を知った？」

「そ、それは……」

女性は言葉に詰まった。

「答えられないのか。まあ、いいだろう。そんなことはどうでもいい」

女性は下を向いた。

伊武はその視線の先に桐の箱を差し出した。蓋を開けて中身を見せる。

中には銀色の指輪が一つだけ入っていた。

「これは事故当時、あなたの息子が身に着けていた指輪だ」

「……指輪」

「そうです」

「英照の……ですか?」

「なぜ俺が持っているのか、疑問に思うだろう」

伊武の質問に女性が頷いた。英照の遺体には指輪がなかったのだろう。初めて見たという顔をしている。

「手に取ってみて下さい」

「……はい」

女性が指輪を手に取る。見にくいのか老眼鏡を掛けた。

「中に刻まれた文字を見て下さい」

女性は頷いて、文字をたどたどしく読み上げた。

そこには、佐有里と英照が夫婦である印と、双子の名前が記されていた。

「姉貴は普段から指輪をしていませんでした。仕事の都合もあったのでしょうが、彼女にとって指輪は不都合で必要のないものでした。姉貴は周囲の人間に、一人で子育てしていると話していたようです。数少ない友達に話していた内容も同じでした」

「……はい」

「英照くんと姉貴は同じアパートに住んでいましたが、部屋は別々で、お互いひっそりと身を隠すように暮らしていました。ケータリングの仕事では、周囲から仲の良い同僚だと思われていたようです。なぜ佐有里がそうしていたのか……あなたには分かりますよね？　そして、英照くんがしていたこの指輪だけが、四人が家族であることを証明するものだったのです」

「………………」

「この指輪、どこから出てきたと思いますか？」

伊武は女性の目をじっと見た。

「姉の遺灰の中から、です」

「遺灰の……中……」

「そうです。フードトラックの助手席に座っていた姉貴は、事故に遭った時、咄嗟に英照くんの左手からこの指輪を抜き取って口の中に放り込んだんです。そして飲み込んだ。四人が家族である証拠を消すために」

信じられない。それは本当だろうか？

「どうしてそんなことをしたのか、あなたに分かりますか？」

「…………」

女性はすみませんと言いかけて俯いた。

肩が小刻みに揺れている。組んだ手の甲に涙が落ちた。

「確かに姉貴は世間に対して嘘をついていた。名前や年齢や過去――周囲に自分の存在を偽って生きていました。ですが彼女は、自分がヤクザの娘であることを世間に隠したかったわけでも、敵対するヤクザの若頭と恋に落ちた事実を消したかったわけでもなかったんです。彼女はただ守りたかった。悠仁と茉莉のことを守りたかった。そして、自分たちが味わったような苦しみを二人には与えたくなかったんです」

「………」

「英照くんも俺も組の一人息子だ。双子が遺された未来を考えた時、八戸組に長男を、伊武組に長女をと考えるのが自然です。姉貴は死の間際で咄嗟にそれを予想して、双子を離れ離れにしないように、そして自分たちが味わった〝敵対する者同士〟という苦しみを二人に与えないように指輪を飲み込んだ。何があっても双子の兄妹で憎しみ合うような関係にしたくなかったんです」

女性が嗚咽を漏らす。

「組同士の抗争はもちろん、ヤクザのしがらみや因縁とは絶対にかかわらせたくなかった。そういう意味では、双子が伊武組に引き取られたことも、彼女の本意ではなかったと俺は思っています」

それは違うと惣太は思った。

保育園の緊急連絡先に伊武の情報を書いたのは、自分に何かあった時、頼れるのは伊武だけだと信じていたからだ。佐有里は弟の性格を知っていた。そして、心の底から信頼していた。

「こんなものを飲み込む……姉がしたことを笑う人がいるかもしれません。確かに、事情を知っていた俺は、姉の死の連絡を受けた時、両親とあなた方に事実を告げなければと思いました。けれど、火葬場で遺骨の中から指輪を見つけた時、俺は姉の遺志であるこの秘密を墓場まで持っていくと決めました」

女性がぐっと息を詰めた。膝に置かれた手が震えている。

「そこまでして姉貴が守りたかったものを、あなた方は奪うのですか？」

伊武の声が部屋に響く。

心の底まで届くほど真摯な声だった。

女性は顔を両手で覆うと激しく嗚咽を漏らし始めた。すると、応接室の扉が開いた。

「違うんです！」

部屋の入口に視線を向けると悠仁を連れ去った男が立っていた。背筋に緊張が走る。この男はやはり本物のヤクザ――八戸組の若頭補佐だったのだ。

「立ち聞きか」

「すみません」

男がすっと頭を下げた。

「確かに俺は八戸組の存続のことを考えて悠仁くんを迎えに行きました。ですが、これには事情が――」

男がそう言うと女性が「下がれ」と命令した。しきりにもういいと呟いている。

気になった惣太は思わず口にしていた。

「事情とおっしゃいますが、あんなふうに連れ去る事情ってなんでしょうか？　犬を訓練させるようなことまでして……俺には計画的な犯行に思えました。非常に悪質な行為です。たとえ事情があったとしてもこちらが受け入れられるようなことではないです。今すぐ謝罪をして、悠仁を返して下さい！」

思い出しても怒りが湧いてくる。アホ正宗はすっかりあの大型犬に懐いて、二匹で楽しそうに庭を走っていた。番犬も何もあったもんじゃない。

「どうなんですか？」

早く悠仁の顔が見たい。体調が大丈夫かどうか知りたかった。

「意図的にやったわけではないです。私はただ散歩のついでのように孫の顔を見られたらと……でも、結果的には利用したことになりますね。すみません」

「姐さん……」

「もういいでしょう。悠仁くんを返しましょう」

「ですが――」

女性が立ち上がる。すると、男が伊武に向かって土下座した。

「オヤジが死にそうなんです。嘘じゃなくて本当なんです。肝臓癌でもう余命が……。残された時間はほとんどないと医者から言われました。最期に顔だけでも見せてやってはもらえないでしょうか。お願いします。どうか、一瞬だけでも――」

そう言ってもう一度、額を床に擦りつけた。

男は何度もお願いしますと繰り返している。

伊武はその様子をソファーの上からじっと眺めた。

長い沈黙が続く。それぞれの思惑が交差して、答えの出ない時間が流れる。

どれくらい経ったのだろう。

伊武が口を開いた。

「悠仁を返してもらおう。……答えについては時間が欲しい」

「伊武さん」

「今日はここまでだ」

伊武はぴしゃりと言い放つと後は無言を貫いた。

悠仁が部屋に入ってくる。二人を見つけた途端に顔をぐしゃりと歪め、泣きながら伊武の胸に飛び込んだ。パパ、パパと一生懸命、何かを伝えようとしている。その健気な姿に心を打たれた。

悠仁の様子を見てホッとする。涙が出ているということは脱水症状に陥ってない証拠だ。顔色もよく、目に力があった。

三人並んで八戸組の本宅を出る。

若頭補佐の男は外でも土下座を繰り返した。自分のしたことを詫び、オヤジに会って下さいと何度も頭を下げた。伊武は一度、足を止めたものの、無言で男の横を通り過ぎた。

レクサスに乗って伊武組の本家へ帰る。行きと同じように伊武が運転してくれた。惣太は後部座席に座って、興奮している悠仁を落ち着かせようと優しく話し掛けた。

「怖い目に遭わなかった？」

「せんせと、はなればなれになってこわかった」

「よく頑張ったね」

「うん。わんこのひでよしがいたから、だいじょうぶだった」

悠仁が犬のぬいぐるみを見せてくる。惣太が誕生日にプレゼントしたものだ。名前をつけてくれたらしい。

「あの時、渡せてよかった」

「うん」

「ん？　なんだかお腹が……」

朝はすらっとしていた犬がメタボリックな体型に変化していた。オーバーオールのお腹がパンパンに膨らんでいる。何が起きたのだろう。

服の中を覗くとスマホを埋める勢いでお菓子が詰まっていた。

「これ……」

「パパやまりにあげようとおもって」

「お菓子を？」

「うん。おいしかったから。あと、きらきらがきれいだったから」

外国製の飴やチョコレートが入っている。確かに玉虫色の包み紙が綺麗だった。

「まだある」

今度は自分のTシャツをたくし上げた。バラバラとお菓子が落ちてくる。ズボンのポケットからも出てきた。手品か。その量に驚いた。

「せんせのぶんもある。たなかとまつおかのぶんも」

「こんなに……」

飴やチョコに留まらず、クッキーやパイまで出てくる。悠仁の優しさにじんとしていると伊武が声を上げた。

「悠仁、物が欲しい時はちゃんとそのことを伝えてからもらうんだ。勝手に取ってきたら駄目だ」

「とってない。ゆうじんのおかしだからもってきた。ちゃんときいた」

「本当か？」

「うん」

悠仁は満足そうな顔で頷いている。お菓子をシートに並べて、これはまりの、これはせんせのと分け始めた。可愛い。

「とにかく悠仁が無事でよかった。本当に酷い一日だった」

「そうですね……」

珍しく伊武がぐったりしている。

今日は色んなことがあった。心の整理がまだつかない。考えなくてはいけないことがたくさんある。現実に起きたことのはずが、その実感さえなかった。

車が伊武組の本宅に到着する。車庫に入った所で惣太のスマホが鳴った。

「すみません。Eコールです。……と言っても、入院患者の対応でそれほど急ぎじゃないですが」

「そうか、先生。俺の方こそすまなかったな。悠仁はもう大丈夫だ」

伊武が送ると言ったが、惣太は構わないと首を振った。今日一日は悠仁と一緒にいてあげてほしい。

「せんせ、おしごとなの?」

「ごめんね、悠仁」

「ううん。またゆうじんといっしょにあそんで、いっしょにならんでおやすみしてね」

その言葉を聞いて、ならんでおやすみが今日の添い寝のことだと分かった。

「これ、せんせのぶん。これとこれも」

「ありがとう」

悠仁がお菓子を渡してくれる。

惣太は本家の前で二人と別れた。

最後、悠仁がぎゅっと抱きついてきた。せんせ、ありがと、と耳元で言われて胸が詰まる。

悠仁なりに惣太を励まそうとしてくれたのが分かって、また泣きそうになる。きっと今日の惣太はいつもと違って怖い顔をしていたのだろう。少しでも惣太に笑顔になってほしくて、最後にお菓子と感謝の言葉をくれたのだ。

惣太が笑ってまたねと言うと、悠仁がニコッと笑顔を返してくれた。

惣太は病院に着くなり、ロッカールームでスクラブと白衣に着替えた。

気になることを思い出して手が止まる。

——やっぱり……変だ。

双子の祖母が惣太を知ったのは、伊武組の屋敷を出入りしている所を見られたからだと思っていた。けれど、よく考えてみるとおかしい。惣太が伊武組の本宅に行く時はいつも私服だ。白衣を着て出入りしたことは一度もない。数回、惣太の姿を見ただけでその個人情報が分かるはずもなかった。

——そうか。八戸組の組長はこの病院に入院してるのか。

それだと納得がいく。

あの女性は以前から病院内で惣太とすれ違っていたのではないだろうか。

外来や売店、中庭やレストランで。

院内の掲示板には惣太が受けた取材の記事やテレビに出演した時の様子などが貼り出されている。

惣太が表紙の雑誌も各科の受付にまだ置いてあった。

「やっぱり……そうだよな」

女性は悠仁が怪我をする前から惣太のことを知っていた。もしかすると、伊武が入院していたことも知っていたのかもしれない。そして、孫を夫に会わせるため、なんとか自分からアプローチできないかと考えて整形外科を受診したのだろう。

――全ての行動に無理がある。でも……。

思いの強さだけは理解できた。

死んだ息子に子どもがいたことを知った。実際に見て、あまりにそっくりな姿で驚いた。その息子に似ている孫を死期の迫った夫に会わせようとしている。

「俺はどうするべきか……」

考えて溜息がこぼれる。

気持ちは分かるが、惣太の憤りは収まっていない。悠仁をあんな形で連れ去ったことや、悠仁の怪我の原因を作ったことについても、まだ怒りを覚えている。どちらもずいぶん身勝手な行動だ。

伊武がそれに応えてやる必要はない。佐有里の気持ちを考えればなおさらだ。

けれど――

最愛の人の死に直面した時、人が望むことはなんだろうか。

相手がこの世に遺恨を残さないように、不安や心残りを解消してやろうと思うのが普通ではないだろうか。そういう意味では女性と若頭補佐の行為に他意はない。悠仁を本気で組の跡継ぎにしようとは思っていないだろう。

やはり、悠仁と茉莉を会わせるべきなのか……。

遺された者はその後の人生を、前を向いて歩まなければならない。

女性と八戸組のことを考えれば会わせるチャンスを与えるべきなのかと思う。

――分からない。

伊武はどう思っているのだろう。そして、佐有里は……。

ここで選択を間違ってはいけないと惣太は自分を戒めた。

伊武と話がしたい。

その前にと、惣太は白衣のポケットから院内用の端末を取り出した。診察依頼を装って連絡を取る。相手は医学部時代に仲が良かった消化器外科の同期――次屋純《つぎやじゅん》だった。

眠る、眠る。泥のように眠る。

当直明けに悠仁の連れ去りがあり、入院患者の急変で呼び戻されて処置を済ませた。その後、マンションに戻ってベッドにうつぶせた途端、意識を失った。

色んな夢を見た。

佐有里の夢や、悠仁と茉莉の夢、伊武のことも――。

「先生?」

声がする。薄っすら目を開けると、不安そうに惣太を覗き込んでいる伊武の顔が見えた。

「大丈夫か?」

「……ん」

「まだ寝てていい。時間が来たら起こす」

「……伊武さん」

「どうした？」

伊武の手を引く。

伊武は一瞬、驚いた顔をしたが、惣太が無言のまま引っ張り続けるとベッドの中に入ってくれた。甘えるように伊武のジャケットの背中に手を伸ばす。

「……しばらくの間、こうしてて下さい」

「分かった」

伊武が優しく抱き締めてくれる。温かくていい匂いがして、たまらなく気持ちがいい。誰かの腕の中で眠ることはこんなにも幸せなのだと伊武が教えてくれる。不安が消えて心が安堵で満たされた。思う存分〝伊武充〟をした。

「伊武さんが好きです」

上掛けの中にくぐもった自分の声が響く。これなら恥ずかしくない。呪文のように何度も好きだと唱える。

「なんだ、寝ぼけてるのか？」

「……そうです」

「どっちだ？」

「どっちでもいいです」

夢うつつのまま会話する。なんだっていい。伊武がいてくれたらいい。

「……俺は……伊武さんが思ってるよりずっと好きです」

「俺はそのもっとずっと好きだ」

「……俺はそれに輪を掛けて好きです」

「俺はそれにさらに――」

くだらない応戦が続く。惣太が先に諦めた。

「……ちっとも折れませんね」

「先生もな」

伊武の胸に顔を押しつける。目を閉じたまま心臓の音を聞く。

「俺は時として暴君だが、先生も相当なものだな」

「我儘ですか？」

「存在が可愛い」

「答えになってない」

「答える必要もない」

「逃げないで下さい」

「逃げてない。俺はいつだって追い掛ける立場だ」

「狡い。俺はもう寝ます……」

「寝てるだろ？」

伊武の脚を巻き込んで絡め取る。ヤクザの若頭を抱き枕にするなんて我ながら凄いと思う。しかもスーツ姿だ。

ぐだぐだと会話を続けながら、言わなければいけないことを口にした。

「やっぱり、うちの病院にいましたよ」

「……そうか」

伊武はすぐに理解した。空気で逡巡しているのが分かる。

「……伊武さんはどうしたいですか？」

「そうだな……。向こうの出方にもよるが、報復してやろうとか、組として表立って何か対応しようとか、そんなことは考えていない。姉貴もそれは望んでいないだろうし、カチコんだ所で伊武組《ウチ》になんのメリットもない」

「確かに……そうですね」

「怒りは感じるが、悠仁を丁重に扱ってくれたことに対しては、一定の理解を示したい。もちろん許すつもりもないが」

「あの後、大丈夫でしたか？」

「ああ。悠仁は八戸組で楽しかったことを皆に話していた。犬と遊んだことや池の鯉に餌をやったことなんかを。組員たちは熱で夢でも見たのかと笑っていたが、お菓子を見て本当なのかと驚いていた。誤魔化すのが大変だった」

それを聞いてホッとする。変なトラウマになっていたらどうしようと思っていたからだ。もちろん今後のケアは必要だが、その余地が充分残っていることに安堵する。

「伊武さんはどうしたいですか？」

「今更、会わせた所でどうなるのか……それに、悠仁や茉莉に変な誤解を与えたくない」

「確かにそうですね。難しい問題です」

双子が幸せに暮らしている以上、この生活を変えるような選択はしない方がいい。必要な変化なら受け入れるべきだが、今回のケースはそうではない。

「時間がないのは事実です。同期の外科医から状況は聞きました」

「そうか」

「焦りもあって強硬手段に出ざるを得なかったんでしょう」

「みたいだな」

沈黙が続く。

伊武の考えていることが手に取るように分かった。

――この人は優しいのだ。

結局、誰かを切り捨てて生きていくことはできない。

正しさではなく優しさを――。

いつだって弱い者の立場を守るためにヤクザをやってきたのだ。家族の繋がりを断つことができるなら、そもそも双子を引き取る選択をしなかっただろう。

佐有里の優しさや温かさは、伊武の中に受け継がれている。伊武が取る行動が惣太には容易に予想できた。

「姉貴は、本当はどうしたかったんだろうな……」

「伊武さんは間違ってないと思いますよ」

「ならいいが――」

「佐有里さんは、悠仁と茉莉が幸せになることを一番に望んでいたはずです。伊武さんはそれを叶えている。今も叶えようと努力している」

「努力か……。そうだな、亡くなった人の想いを繋ぐのは難しい。俺はもっと上手くやれると、そう思っていた」

「伊武さんだって傷ついたんです。簡単に行かなくて当たり前です。そんなふうに自分を責めないで下さい」

「先生は優しいな……」

「伊武さんがです。俺じゃない。だって俺は――」

「もういい」

視線を上げると頭の後ろを取られてそのままキスされた。

分かる気がする。

セックスじゃなくて、抱き合うことだけじゃなくて、キスがしたい。

心を通わせるようなキスがしたかった。

「……んっ」

想いを一つにするように唇を合わせる。こんな時、体が別々なのがもどかしい。ただ、ぴったりとその形を合わせることだけに集中する。

無言の重なりが続く。上唇を食まれ、隙間からそっと舌を差し入れられた。粘膜の熱さと伊武の匂いに頭がくらりとする。優しく繊細なディープキスにお互いの心が解れていく。

伊武の頬に手を伸ばして耳の後ろに指を掛けた。キスに応えながら、より交わりを濃くしていく。相手を味わうように深く深く舌を絡ませた。

温かくていい匂いがする。

——美味しい。

そして気持ちがいい。

伊武の舌を吸うと、果肉から媚薬のような唾液が湧いてくる。それを蜂蜜を舐める子熊みたいに味わった。甘くて幸せでふわふわする。ずっとキスだけしていたい。

「……先生、嫌がらなくなったな」

「嫌がる？」

「前は時々、頑なになっていた」

なんだろう。意味が分からない。

「口元がきゅっと硬くなって、頭を後ろに引く感じだ」

「ただの緊張です」

「そうかもな……」

〝頑なちゃん〟も可愛かったが、と言われて顔が熱くなる。

そんな自分が恥ずかしい。けれど、伊武は長い時間を掛けて、惣太の頑なさを溶かすような愛し方をしてくれたのだ。その優しさがたまらなく嬉しい。

ほんの少しは伊武のキスに慣れたのだろうか。前よりも上手く返せているのだろうか。自分では分からない。

「先生が受け入れてくれるのが……嬉しい」

それは惣太も同じだ。

好きな人に受け入れてもらえる幸せと、ありのままを愛される幸せをずっと感じている。

「……ああ、ずっとこうしていたい」

「ずっとだと……唇がなくなりそうです」

「ただの比喩だろ」

「俺には現実です」

唇も脳ももう溶けてなくなりそうだ。別にそれでも構わない。

「緩くなってるのが愛おしい。自分の舌が中に柔らかく入っていく感じが興奮する」

「緩くって……んっ……」

「どこまでも深く犯したくなる。自分のものにしたくなる」

頭の後ろに回っていた伊武の手が首のつけ根に移動した。顔を固定されたまま硬い舌の先が喉の奥まで入ってくる。たまらなくなって伊武の髪の間に指を入れた。

キスってこんなにも深いんだと思う。

そして、相手のことが分かってしまうのだと、不思議に思う。

何もかもが共鳴している。

――伊武さんがいてくれるだけでいい。

別に何もしてくれなくてもいい。悠仁が惣太を求めたように、自分も伊武を求めている。

佐有里も同じ気持ちだったんじゃないだろうか。

――ただ傍にいてくれるだけでいい。

一緒にいてくれることが貢献で、寄り添ってくれることが愛情だ。愛するって、きっとそういうことなんだと思う。

欠片のように散らばっていた様々な想いが重なって形になった。

そう、きっと同じことを思っていたに違いない。

多分、同じだった。

結婚も入籍も、そんな目に見える契約はいらない。約束はきちんと果たされたのだから。幸せな生活という形で――。

「……分かった、気がする」

「ん?」

佐有里にとって英照と出会えたことが財産で、共に過ごした日々が、キラキラと輝く宝物だった。だから、宝石も指輪も何もいらなかった。

偶然、再会できたこと。組を捨てて一緒にいてくれたこと。二人で夢を叶えられたこと。

佐有里はもらっていたのだと思う。ちゃんと愛をもらっていた。

伊武もそれに気づいただろう。英照や祖父母のことを決して憎んではいない。

――だから、きっと……。

聞く必要はない。答えはもう分かっているから。

伊武が選ぶ道が惣太には見えていた。

「……こら、なんで触る。キスだけでいい」

「手が当たっただけです」

「そんな、あざと可愛い顔をするな。俺がおかしくなる」

「ヤクザスーツで甘いキスとか、伊武さんの方が狡い……」

「先生が引っ張ったんだろ」

「そうでしたっけ」

とぼけると両手首をつかまれてシーツに押さえつけられた。見つめられながら鼻で鼻をつつかれて、悪いカワウソだと怒られる。

「くそ、可愛いな」

「俺も好きです」

「ああ、負けた気がする」

伊武が悔しそうな顔をする。

惣太は少しだけ嬉しかった。

自分がいることで伊武の孤独や哀しみが癒されるのならそれでいい。痛みを分け合うことができたのなら、自分がここにいる意味があるから。

伊武のスーツに手を伸ばす。ジャケットを脱がして、ベルトを外す。布を掻き分けてその部分だけを出した。

「こら」

「勝手に出てきました」

「もう、寝ぼけているわけじゃないだろ。今日の先生はおかしい」

「伊武さんだって――」

答える前に口を塞がれる。自分も下だけ脱がされた。強引な仕草の中に優しさが潜んでいるのが狡い。やっぱりこの人は狡い。

スーツが汚れるのも気にせず、お互いの性器を重ね合わせた。

――熱い。熱くて……硬い。

しなる裏側を合わせて、敏感な段差と脈打つ幹を一つにする。大きさは違いすぎるが、剥き出しの皮膚にお互いが触れるたび、二つの芯が呼応して硬くなった。

惣太がつかんだ手の上を伊武の手のひらが覆う。呼吸を合わせるようにゆっくりと上下させる。

――もう、気持ちいい……。

乾いていた性器がすぐに先走りのせいで透明な層を纏った。血管の浮いた手も、隙間から見える二つの山も、音も、全てがエロティックだ。

「キスしながら……」

「分かっている」

もう片方の手は甘い恋人繋ぎで重ねた。

優しいキスとプラトニックな手繋ぎに心臓がキュッとなる。このまま達《い》きたい。二人ですれば射精という到達点よりも、もっと遠くへ行ける気がする。心の中から溢れ出すままならない感情を流してお互いの心を一つにするのだ。

「先生?」

「……ん」

「全部、何もかも一緒だ」

「……はい」

気持ちも、想いも、願いも、全て同じ水脈からすくってきた感情だ。それが分かる。

誰かを愛するのは難しそうに見えて、実はこんな簡単な行為の積み重ねなのかもしれない。

一緒にいること、ただ寄り添うこと。

特別な何かをするわけじゃなく、同じ歩幅で歩くこと。同じ未来を見ること。

そして、好きだと素直に伝えること。

二人の想いは共鳴している。

「……あ、いく――……っ」

限界がきて、先端のわずかな切れ目から欲を吐いた。伊武の脈動と放出の衝撃を同時に感じる。

――凄く……熱い。

同じ体から出てきた体液なのに温度が違う。その熱も匂いも愛おしい。

「惣太……」

「ん」

口づけた体がそのまま惣太の上でどさりと崩れた。脱力した男の重みが心地いい。

溶けそうな気持ちよさと充足感の中で、惣太は好きだと囁き続けた。


「せんせーっ！」

柏洋大学医学部付属病院の駐車場から悠仁と茉莉が声を上げている。その様子を惣太は病棟の窓から眺めていた。

伊武には、八戸組組長が入院している特別室の窓から病院の駐車場が見えることだけを伝えていた。それだけで充分だと惣太は思っていた。そして、自分の判断は間違っていなかったことを知る。

「せんせー、見える？」

茉莉が五階の惣太に向かって声を張り上げる。両手を振りながら一生懸命、建物を見上げているのが分かった。

「見えるよー」

「わあ、せんせだ」

惣太が答えると、それに気づいた悠仁が笑顔で両手を振った。惣太も負けじと病棟のサロンの窓から手を振り返す。

「せんせ、みててね。いまやるよ」

「うん。何するの？」

「ひこうき」

伊武に抱き上げられた悠仁が勇ましい顔をしている。手に持っているのは紙飛行機だろうか。

「いくよー」

悠仁は大きく振りかぶって紙飛行機を飛ばした。鳥が飛び立つように、白い飛行機が青空へと舞い上がる。右腕はもう全快のようだ。

「わあ」

「とんだよ、ゆうじん。すごい！」

「はやいー」

飛行機は九〇度に真っ直ぐ上がった。なかなかの飛躍だったが、途中で推進力を失って下に落ちてしまった。二人が「あーあ」と残念がっている。何度かチャレンジするものの、飛行機は惣太の階まで届かなかった。それでも挑戦は続く。

今度は悠仁に代わって茉莉が飛ばした。すると、前に飛んだ飛行機がくるりと弧を描いて舞い戻り、伊武の膝にぶつかった。驚いた伊武の姿を見て二人が大笑いしている。キャッキャッと声を上げて、とても楽しそうだ。

紙飛行機が繰り返し大空へと飛び立つ。命の軌跡のような旋回が青いキャンバスに刻印される。伊武は真面目な顔で病棟の窓を見上げていた。その視線は惣太を越えて、八階を見ているように思えた。

――伊武さん……。

今、窓際で祖父母が双子の姿を眺めているだろう。

声もしっかりと聞こえているはずだ。

キラキラと輝く悠仁と茉莉の姿をその目に焼きつけているに違いない。

今日のことは前もって伊武が祖母に伝えていた。

――これでよかった。

二人は歓声を上げながら紙飛行機を飛ばしている。双子にとっては他愛もないひと時、些細な日常の一コマだ。その姿を祖父母から見られていることは当然、知らない。知る必要もなかった。

ただ、こんなふうに愛された記憶は心のどこかに残るだろう。それで充分なのだ。

「せんせー、いくよー」

「せんせ、ぼくも」

悠仁と茉莉が同時に掛け声を出す。小さな手から紙飛行機が並んで飛び出した。

「わあ」

「すごい！」

「いけー、とぶんだー」

その場にいる全員が空を仰いだ。四つの手のひらの間を抜け、飛行機が天に向かって舞い上がる。

青と白のコントラストが美しい。生命の輝きのような軌跡が飛行機雲の残像として見る者の網膜に残った。

――眩しいな……。

双子の心と魂を乗せた飛行機が空高く昇っていく。それは永遠に落ちることがない。

二人が飛ばした紙飛行機はどこまでも高く飛んでいく気がした。

「せんせ、みえた？」

「うん、見えたよ。大丈夫」

再び、白い翼が空を飛び、歓声が上がる。

惣太は眩い双子の姿をいつまでも眺め続けた。


その後、惣太は二人が遊んだ紙飛行機を消化器外科の病棟看護師に渡した。祖父母のもとにきちんと届いたかどうか確かめようがなかったが、惣太には確信があった。青空を飛んだ紙飛行機の姿は真っ直ぐ組長の心に届いただろう。佐有里と英照の想いも同時に届いたはずだ。

8. 未来を誓う

一ヶ月後――。

伊武は双子の祖母である芳江を、伊武組の近所にあるドッグランへ呼び出した。

ドッグランには芳江と大型犬のベル、そして伊武と惣太、双子とドーベルマンの正宗が集まっていた。大人三人に子ども二人、犬二匹だ。双子には正宗の友達と会うと話してあった。

「本当にありがとうございました」

芳江は伊武に深く頭を下げた。

遠くで犬二匹と双子が楽しそうに遊んでいる。

「主人はあの後、すぐに逝きました。とても穏やかな最期でした」

「そうですか」

「はい。これも全て征一郎さんのおかげです。本当にありがとうございました」

芳江は寂しそうな顔をしている。やはり、以前よりやつれて見えた。

「大変でしたね」

惣太も声を掛ける。芳江は首を左右に振る仕草をした。

「息子の英照が亡くなってから私たちの時間は止まってしまいました。全ての出来事がそこで終わってしまったような気がして……言葉にできない絶望感に襲われたんです。時間が解決してくれると思っていましたが、心の傷は深くなるばかりで何も解決はしませんでした」

　正宗がベルを追い掛けている。その後ろを悠仁と茉莉がついて回った。犬の鳴き声と二人の笑い声が聞こえる。

「悠仁くんと茉莉ちゃんの存在を知った時、心が動きました。英照が亡くなった後、初めて心が前向きに動いたんです。会いたいと思って、会ってみたら、もう気持ちが抑えられませんでした。悠仁くんを見て、英照の幼かった頃を思い出したら、涙が止まらなくなって……。嬉しくて心が震えて仕方ありませんでした。英照への想いが、生きることへの執着が、一気に表に出てしまったんです。ご迷惑をお掛けして、本当にすみませんでした」

　伊武は軽く頷いてみせた。

「もう二度とあのようなことはしないと、そして悠仁くんと茉莉ちゃんには会わないと誓います。信じて頂けるかどうか分かりませんが、そのことをきちんとお伝えしたくて今日はお時間を頂きました。英照と佐有里さんのこと、組の跡継ぎについても同じです。征一郎さんはもちろん、伊武組に対しても、ご迷惑をお掛けするようなことはありません」

「……お気持ちは分かりました」

「本当に申し訳ありません」

　芳江はもう一度、頭を下げた。

　芳江もずっと苦しかったのだろう。孤独と絶望の中で一人、身動きが取れずにいた。その暗闇のような日々に射した一条の光が悠仁と茉莉だったのだ。芳江の双子を思う気持ちは充分に理解できた。

「征一郎さんには感謝しかありません。最期に二人の姿を主人に見せることができて本当によかったです。主人はもう何も話せませんでしたが、心残りはなかったと思います」

「そうですか」

「はい。何よりも悠仁くんと茉莉ちゃんが幸せそうで、兄妹で遊んでいる姿が眩しくて。本当に天使のようでした……」

芳江は言葉を詰まらせた。ハンカチで目元を拭っている。

すると、茉莉が何かに気づいたのかこちらへ近づいてきた。

「どうしたの?」

泣いている芳江に向かって尋ねる。

「……なんでもないのよ、ごめんなさいね」

芳江がそう言うと茉莉はくるりと身を翻した。遠くへ行って、駆け足でまた戻ってくる。右手に何か持っているのが見えた。それは小さな花だった。

「これ、どうぞ」

茉莉は摘んできた花を芳江に渡した。

「おはなきれいでしょ。なかないでね。まりはいつでもえがおでいるのよ」

ニコッと笑って決めポーズをする。

保育園の先生が笑顔でいるといいことがたくさんあると教えてくれたから、と茉莉は続けた。

「茉莉ちゃんっていうの？　ありがとうね。大切にするわ」

「うん。だいじにしてね」

茉莉はそう言うと正宗の所へ戻った。後ろ姿が遠くなっていく。

惣太の心の中にもじわりと温かいものが広がった。

——茉莉は……凄い。

どんな荒れ地の中にも一本の花を見つけ出して、それを嬉しいと喜べる子だ。

そして、人に愛を分け与えられる子だ。

目頭が熱くなる。

もう大丈夫だと、そう思った。

両親の愛を受け継いでこの世に生まれて、伊武と祖父母のもとで真っ直ぐ育った。そのどれにも間違いはなかった。全てが素晴らしく、正しい選択だった。

芳江にも分かっただろう。

息子の英照の選択に間違いはなかったと、そして今の状況が双子にとって最良なのだと。

「ありがとうございました」

芳江がもう一度、深々と頭を下げる。

伊武も丁寧に礼を返した。

ドッグランに爽やかな風が吹く。

犬の正宗とベルは楽しそうに遊んでいる。追い掛けてはじゃれつき、また逃げることを繰り返している。悠仁と茉莉は二匹の頭を撫で、転がった二つのお腹をさすった。

――本当によかった。

芳江の悲しみが深かったということは愛情が深かったことに他ならない。そして、その悲しみや苦しみを通過する中でしか獲得できないものが、この世の中にはたくさんある。

芳江が得たものと伊武が得たもの。中身は違うが、これからの人生を彩る宝物になったに違いない。

「このお花、大事にします」

芳江が初めて笑顔を見せた。花を見つめながら言葉を繋ぐ。

「本当に……悠仁くんと茉莉ちゃんからは大切なことを教えてもらいました」

「そうですか」

「ええ。英照は佐有里さんと出会えて幸せだったと思います。共に人生を歩めてよかったと、そう思っていたはずです。悠仁くんと茉莉ちゃんを見て、私もそう思いました」

「姉は間違いなくそう思っていたでしょう。ただの一度も本家に帰ってきませんでしたから」

伊武が答えた。

「はい。……私は残りの人生を一日一日、丁寧に過ごしていこうと思います。残されたものの義務として、感謝の気持ちを忘れず、生きている幸せを噛み締めながら」

「どうか、あの二人を遠くから見守っていて下さい」

「はい。二人の幸せを願いながら、残りの人生を生きていきます」

三人の視線が悠仁と茉莉に移動する。尊い双子の姿がそこにあった。

——命の塊みたいだな……。

双子が走るとその跡がキラキラと光って見える。実際に何かが光っているわけではないが、命の輝きが軌跡のように残って見えるのだ。あの紙飛行機が空に印した航跡と同じように、しばらくその眩さが消えなかった。

ふわりと優しい風が吹く。

三人はその尊い光の道をしばらくの間、眺め続けた——。


「えー、ちょっとこれ……なんですか」

「カッコいいだろう?」

日曜日の午後、マンションの玄関に惣太の叫び声が響いた。

いつものように二人でのんびりしていると、突然インターフォンが鳴り、ドアを開けると風神と雷神が立っていた。そのまま巨大な段ボールが運び込まれ、二人の手伝いのもと箱を開けると、大きな置物が出てきた。金属でできた龍と虎……嫌な予感がする。

「これって、もしかして——」

「そうだ。さすが先生、勘がいいな」

いや、誰だって分かるだろう。

鈍く輝くテカリ具合がもう最悪だ。

「うちの組の専属彫師、二代目将監《しょうかん》がデザインして、その友人の彫金師が仕上げたオブジェ、その名もエクストリームDT《ドラゴンタイガー》だ」

名前も最悪だしと、心の中でツッコむ。出てきた交友関係もさすがに治安が悪すぎる。夢のコラボならぬ悪夢のコラボだ。

「二人とも才能があるんだ」

「へぇ」

感情のない返事が洩れる。

「彫師というのはそれぞれの組に半年ほど住み込んで働くのが常だ。数名の若衆に刺青を彫った後、また他の組へ渡る流浪の職人でもある。伊武組《うち》はそれを専属で雇っていて、刺青の他にも組の美術品《オブジェ》を独自に作らせたりしてるんだ」

「そ、そうですか……」

伊武組専用のグッズやノベルティがあるのだろうか。

このご時世でそんなものを大々的に売れるとは思えないが、話を聞いている分には需要があるようだ。

「ふむ。水も流れるのか」

「カシラ、こっちはレーザーも出るみたいですよ、ほら」

「おお、凄いですね！」

伊武の周りを風神と雷神が囲んでいる。惣太はその様子を少し離れた場所から見ていた。

「体に有益なイオンが出る上に音や光でも癒され、風水的にも素晴らしい。最高だ」

うんうんと頷く声が聞こえる。

惣太は呆れていた。ヤクザが風水を気にするとは……いや、香港マフィアなんかは凄く気にしそうではあるが、伊武組は日本の極道でマフィアじゃない。そもそも風水とは環境学だ。こんなものを毎日見せられたら俺の環境が悪くなる、と心の中で悪態をつく。久しぶりに毒舌が止まらない。

「こんなのヤクザの組事務所にしか置いてませんよ」

「俺はヤクザだからな」

「あ、そうでした……」

ピカーと目を光らせている龍を見ながら溜息をつく。開いた口からジャバジャバと水を吐き出し、それが虎の頭にかかる地獄絵図だ。ルールがよく分からない。不審者が侵入した時の鼠返し的な効果はあるだろうか。

「では、俺たちはこれで」

「ああ、悪かったな。二人ともありがとう。将監と彫金師の貴虎《たかとら》によろしく伝えてくれ」

「はい」

風神と雷神が部屋を後にする。

しんとした部屋に水の流れる音だけが響く。惣太はしばらくの間、残念なオブジェを眺め続けた。

「チタンを細工できるのは彼しかいなくてな。頼んだら腕が鳴ると言って、いそいそとこれを作ってくれた。才能を眠らせておくのはもったいない。認めてやってくれ」

「……はい」

伊武組には色んな才能を持った人間がいるようだ。適材適所、伊武には伊武の考えがあるのだろう。深掘りしないでおこうと思い、惣太はひっそりとリビングに戻った。

ソファーに座って本の続きを読む。

すると、隣に腰掛けた伊武が膝を貸してくれた。促されるまま伊武の膝に頭を預ける。伊武はタブレットを横に置きながらスマホを触っていた。真剣な顔だ。多分、仕事だろう。

静かな時間が過ぎる。

気がつくと惣太は眠っていた。

ウトウトしながらも頬に太陽の光が当たっているのが分かる。穏やかな時間が心地いい。同棲を始めてからこんな静かなひと時を過ごすのが一番の贅沢だった。

低層階のマンションはやっぱりいい。自然が近く、オープンバルコニーで様々な種類の植物を育てられる。雨が地面を打つ音もきちんと聴こえるのだ。

――なんか幸せだな……。

窓から入ってくる風と揺れるカーテンの気配。温かくて安定感のある伊武の膝と、何もしなくてもいい時間。そのどれもが愛おしい。

このまま寝てしまおう。そう思った時、左手に微かな違和感を覚えた。気になって目を開ける。

「――ん……これは？」

自分の左手に目を凝らすと、薬指に銀色の指輪が嵌まっているのが見えた。シンプルなデザインだが高価なものだと分かる。サイズもぴったりだ。そのまま伊武の顔を見上げると、優しい瞳が惣太を見つめていた。

「なんだ、起きたのか」

「半分くらい……」

「起きてるだろう」

伊武が笑っている。その手が惣太の薬指を撫でていてくすぐったかった。

「これって、もしかして――」

「俺の体に入っていた金属《チタン》を加工して指輪にしたものだ。これとお揃いだ」

伊武がもう一つのリングを見せてくる。デザインは同じだったがサイズが一回り大きかった。

「二つで一つの形になっている。こんなふうに――」

伊武は惣太の指から指輪を外すと自分のものと重ねて見せた。二つを合わせると互い違いになり、数字の八が立体的に浮き上がるようなデザインになった。これはあれだ、無限大の記号と同じ形だ。

「無限……ですか」

「そうだ。八の字の曲線が表しているのは緩やかな無限軌道だ。どこまでも永遠に続くという意味を込めてこれを作った」

伊武がもう一度、指輪を嵌めてくれる。本当にぴったりだ。

――嬉しい。

外科医の惣太は普段から装飾品を身に着けない。指輪は生まれてから一度もしたことがなかった。それもあってか自分の手がいつもより新鮮で神聖なものに見える。

「それ、貸して下さい」

「ああ」

惣太も同じように伊武の手を取って指輪を嵌めた。美しく長い指に指輪がするりと入った。お互いの手を並べてみる。光に翳すと同じ明るさで輝いた。

「……綺麗だな」

「先生と出会った証だからな」

「本当にあの髄内釘《ずいないてい》から作ったんですね」

「そうだ。これは世界でただ一つの指輪だ」

伊武はそう言うと惣太の手を取って薬指に口づけた。乾いた唇の感触がくすぐったい。伊武はその姿勢のまま惣太に真面目な視線を向けた。

「こんなに誰かを好きになるなんてな……」

「…………」

「自分以外の誰かを命に代えても守ると誓ったのは、悠仁と茉莉の二人だけだった。でも今は違う。先生もその一人だ。そして伴侶として愛しているのは先生だけだ」

「伊武さん……」

「一生大切にする。俺と結婚してくれ」

時が止まる。

──結婚。

共に暮らすこと。家族になること。死ぬまで一緒にいること。

実感が沸かない。

けれど、同じように願っている自分がいた。

──この人と一緒にいたい。同じ景色を見つめていたい。

急に視界が開け、その未来が今、はっきりと見えた。

男だとか、患者だとかヤクザだとか、そんなものはもう関係ない。家族の形は様々で、愛の形も色々だ。そこに正しさや規律《ルール》は存在しない。

多様性を認める成熟した社会では、異質とされた婚姻の形がすでにスタンダードになりつつある。その中で何を選んで、何を選ばないのか、自分がどんな生き方をするのか、全ては惣太自身が決めることだ。

「少し残念だ」

「何がです?」

「本当は先生をヘリに乗せて、都内の上空を旋回した後、地上の文字でプロポーズするつもりだったんだ」

「そんなことしたら引きますすよ」

「だろうな」

伊武が自虐的に笑った。返事が早いのが面白い。

「俺も段々、先生のことが分かってきた。松岡の苦言もあって、そのプランはやめることにしたんだ。だが、今日はこっそり指輪のサイズ確認だけするつもりだった」

「起きちゃいましたね」

「カワウソは敏感だからな」

「知らないですけど」

握っていた手をもう一度、きゅっと握られる。そのまま抱えられて伊武の膝の上で横抱きにされた。触れるだけの軽いキスをして、視線を合わせて、無言のまま笑った。

「全部、先生のおかげだ。感謝している」

「おかげって？」

「姉貴のことや悠仁と茉莉のこともそうだ。先生がいてくれたから、正しい答えが得られた」

「答えとかそんな……たまたまです」

「姉貴の遺志を守りつつ、英照の家族の望みを叶えてやれたのは、先生のおかげだろう。悠仁と茉莉を傷つけることもなく、全てが上手く、そして収まるべき場所に収まった。これも運命だったのかもな」

「そう言われると……そうなのかもしれません」

これまでのことを思い出す。

英照の指輪が溶けずに残ったこと。伊武だけがその存在に気づいたこと。惣太と八戸組の組長が同じ病院にいたこと。祖母が惣太の存在に勘づいたこと。そして、組長の最期に間に合ったこと。どれか一つでも違っていたら答えは導けなかった。

「不思議だな……」

偶然が重なって必然になる。けれど、その偶然を必然に変えたのは伊武の努力と愛情だった。

これまで伊武は、惣太がどんな状態になっても迷わず向き合ってくれた。同じように佐有里の遺志とも真っ直ぐ対峙した。どんな時も、どんな場面でも、誠実だった。

人は一人で産まれて一人で死んでいく。

たくさんの生死と向き合ってきた惣太だから分かる。

人間は本来、孤独で完結した生き物だ。恋をしなくても、結婚しなくても、一人で生きていける。けれど、運命の相手に出会ってしまったら――。

惣太は伊武と出会って世界が変わった。最初は戸惑って訳が分からなかったが、それでも分かることがあった。この人は特別だということ。この人と生きたいと思うこと。

佐有里もきっと同じだったのだろう。

この人のために生きたい、いや、生きていく。そして、一緒に新しい家族を作っていく――。

その尊い感情を誰も否定できなかった。誰も邪魔できなかった。

不幸な事故が起きて佐有里の願いは立ち消えてしまった。起きてしまったことはもう変えられない。けれど、過去の出来事は誰にも奪われることがなく、穢されることもない。その人が生きた証だからだ。その尊い証を伊武は最後まできちんと守り切った。

「本当に……よかったです」

「ん？」

「……いえ、気にしないで下さい」

伊武が思っていた通りの男だったことが嬉しい。

伊武の内面を知れば知るほど好きになる。これまで持っていた淡い憧れが、それを超える現実で塗り替えられて、日々、大切な思い出として重なっていく。そんなふうに人を好きになれることが本当の幸せなのだと、惣太は改めて知った。

「幸せだな」

伊武が溜息交じりに呟いた。

伊武の膝の上で横抱きにされたままキスを重ねる。次第にキスが深くなっていき、お互い気持ちが収まらなくなる。

「このままいいか？」

低く艶のある声で囁かれて心臓が跳ね上がった。

外はまだ明るい。

窓の開いたリビングでするのも、昼にソファーの上で抱かれるのも、全部初めてのことだ。

戸惑っていると伊武の膝の上で向き合って座る形にされた。

「話をしよう」

「何を……」

「なんでもだ」

キスされながら服を脱がされる。惣太も伊武のシャツのボタンに手を伸ばした。

「あのオブジェ……本当に玄関に置いておくんですか？」

「駄目か？」

「駄目というか……」

「先生が欲しいものがあったら、それも作らせよう。なんでもいいぞ。猫でもクマでもカワウソでも」

「俺に贅沢させないで下さい。そのうち、もの凄く我儘になるかもしれないし……結婚したかったら、火鼠の皮衣や龍の頸の珠を取ってこい、とか言い出すかもしれませんよ」

「かぐや姫か。それも可愛いし、俺なら全部やれそうだな」

「相変わらず自己評価高いですね」

「自己肯定感が高いんだ」

「それって違うんですか？」

「全然違う。それに、先生の我儘に振り回されるのも悪くない」

「ヤクザの若頭を振り回したりできません」

「もうしてるだろう」

「ん……」

会話をして、キスをして、そこに辿りつく準備を重ねる。

全てが愛撫で、全てが愛の行為だ。

下着だけの姿になるとさすがに恥ずかしかった。自分の体と伊武の体とのギャップを思い知らされる。フェロモンとも違う圧倒的な存在感。伊武という人間が放つ力の強さを知る。

惣太が俯き加減になると、高い鼻梁で顎をツンと上げられた。

こっちを見ろとその目が言っている。

「なんです?」

「先生はもう知ってるよな」

「え?」

「本当のセックスを。体の隅々までくまなく愛されて、とろかされて、泣くほどの絶頂を迎える。そういうセックスをもう知っているはずだ。だから、恥ずかしければ、ずっと目を閉じていてもいいぞ」

「そういうのが、もう……無理です」

「ん?　どうした?」

「……見るのが恥ずかしいんじゃなくて、見られるのが恥ずかしいんです」

「そうか」

伊武は楽しそうに笑っている。

骨ばった指が惣太の体を撫でていく。目を閉じていても分かる。耳の後ろ、顎の先、肩のライン、胸の突起、脇腹。もう片方の手は、手首や指の股、手のひらの窪みまで。愛されていることが分かる優しい愛撫が続く。

「……伊武さんのグルーミング、ホントにくすぐったいし」

「それだけか？」

不意に右の乳首を吸われる。突起に軽く歯を立てられて、乳暈ごとじわじわと吸い上げられる。じんと痺れるような快感に耐え切れず細い息が洩れた。

神経の集まっている場所を執拗に舐められる。粒がきゅっと硬くなって、余計に快楽を拾ってしまう。乳暈をかたどるように舐められてまたきつく吸われる。

――あ……気持ちいい。

男なのに感じる。

黙っていても伊武の髪をつかんでいる指がそのことを伝えてしまう。下着の中で自分の性器が充血するのが分かった。

「こら、ちゃんと膝の真ん中に座るんだ」

「もう――」

腰をつかまれて元の位置に戻される。

話していても愛撫はやまない。とろかされて真っ直ぐ座っていられなくなった。

伊武の下半身から濃密な匂いがし始める。惣太はこの匂いに弱い。雄臭い匂いを嗅ぐだけで頭がくらくらするのだ。

「んっ……」

ディープキスをされながら胸をいじられて、下着の後ろに手を入れられる。長い指が臀部を撫でて隙間に入ってきた。薄く色づいた襞をトントンとノックされる。耐えられなくなって腰が床に落ちた。

「どうした先生?」

「分かってるのに……」

伊武は知らないという顔をしている。少しだけ意趣返ししたくなった。

「伊武さんも……」

「なんだ」

惣太は落ちた体勢のまま伊武の脚の間に跪いた。

伊武の下着はすでに形を変えている。ちゅっちゅっと布の上からキスをしながらウエストのゴムをずらす。すぐに凶器のような性器が現れた。両手でつかみ上げて、ふうと息を整える。

「その『俺はやるぞ』という顔がたまらなく可愛いな」

「茶化さないで下さい」

「愛おしいんだ。スルーしてくれ」

つかんだ性器の根元から先端に向かってゆっくりと舐め上げる。血管も同じように舌で辿る。陰茎の血管は真っ直ぐ走っていない。ペニスの存在を誇示するかのように広く張り巡らされた静脈の迷路を攻略する。

「ああ、先生の舌は柔らかいな……」

ナマコの本気は一筋縄ではいかない。ヘチマのように実り太った幹をドウドウと宥めるように愛撫を続ける。

――あ……味がする。

亀頭のなめらかな丸みに口づけると、じゅわっと熱い腺液が滲み出した。煽情的な味と匂いに眩暈がする。男臭さと肉のつるつるした舌触りがよくて夢中で舐めた。

絶対音感ならぬ絶対舌感があるとしたら、目をつぶっていても伊武のものだと分かる。一発で当てられるはずだ。もちろん、他の男のそれを舐めることは一生ないけれど――。

「んふっ……ん……」

「先生は口の中まで優しいな……」

亀頭全体を含む。唇がいっぱいに引き延ばされて口角が敏感になるせいか、擦れるたびに感じてしまう。緩やかに前後させると口内にある性感帯も刺激された。唾液が溢れ出る。

――気持ちいい……。

自分は伊武を食べようとしているのかもしれない。そう思って苦笑する。いつだって食べられているのは自分の方だ。

大きすぎて全部は含めない。根元を手で擦りながら、亀頭にしっとりと舌を絡ませる。きゅっと幹を絞るように吸い上げつつ、緩やかな出し入れを繰り返す。

「ああ、可愛いな……」

「んっ……」

口いっぱいに含みながら上目遣いで伊武を見ると、褒めるように頭を撫でられた。

本当はこの行為が得意じゃない。だから情熱だけで進める。好きだという気持ちを必死に伝える。

時々、鈴口をくすぐって、敏感な裏筋を愛撫しながら、口の中でねっとりと舌を纏わりつかせる。

そうしているうちに伊武のペニスが硬くなって味が変わった。

「飲ませてもいいのか？」

「……ん」

口がいっぱいで答えられない。そのまま続ける。

――やっぱり好きだ。

変な意味じゃなくて、これは愛の塊だと思う。

いつも惣太を快感へ導いてくれるもの、奥深く潜って惣太をおかしくするもの……命そのものみたいな存在が愛おしい。

伊武が息を詰める。その声がたまらなく官能的で頭がじんと痺れた。

男が達く時の声はどうしてこんなにもセクシーなんだろう。少し顔を歪める仕草も、衝動を抑えようとする息の詰め方も、全部がキュンとくる。

「先生……」

頭の後ろに置かれた手に力がこもる。怒張がビクンと跳ねて重い体液が惣太の喉を叩いた。青臭い匂いが口腔内に広がる。

「んっ……」

どろりとしたゼリー状の精液を飲み込む。喉を撫でるように落ちていく感触に背筋が震えた。

背徳感と罪悪感。それに少しだけ混じる達成感。

男の精液を飲むなんて考えられない。けれど、伊武のそれだけは特別だった。

――気持ちいい……。

なんとも言えない酩酊感に襲われる。自分は少し変なのかもしれない。

「おいで」

抱き上げられて、ぎゅっと強く抱擁される。そのまま優しく頬ずりされて背中をトントンされた。

いつもこの瞬間が愛おしい。

しばらく抱き合ったまま伊武の心臓の音を聴いた。

眠ってもいいし、このままでもいいし、やっぱりセックスしたいと思う。本当になんだろうこの感じ、と思いながら伊武の胸に甘える。たまらなく幸せだ。

少しの間、そうしていると伊武が口を開いた。

「次は俺の番だ」

伊武が目を細めた。もう抵抗はできない。

キスされてソファーの上にちょこんと座らされる。脚を開かされて、手はここに置くんだと自分の膝裏を持たされた。

「待って……あっ……んっ――」

感じやすい先端を強引に口に含まれる。伊武の技巧は凄い。すぐに達しそうになる。

もぞもぞしていると、パチンと蓋の開く音がして、ジェルを纏った指が窄まりを撫でてきた。中指で遊ぶみたいに撫でられて、もういいと惣太が泣いてしまいそうになるほど、ゆっくりと緩慢に潜ってくる。時間を掛けて優しく粘膜を開かれた。

「はあっ……ああっ……や……」

伊武を受け入れる準備だと分かっていても、やはり恥ずかしい。生々しい音も匂いも、伊武の顔のすぐ傍で暴かれている。誰にもそんな場所は見せないというのに。

「可愛いな。先生は陰嚢も会陰もピンク色で綺麗だ。もちろん、ここも、この中も——」

フェラチオと連動するように体の内側をぞろりと撫でられる。粘膜の凹凸まで指で刺激される。あまりの気持ちのよさに膝が震えた。掻き回されて内壁がうねり、性器が伊武の口の中でとろけて濡れる。

「あっ……んっ、もう——」

惣太が脚を閉じようとすると強引に開かされた。前立腺に対する刺激に容赦がなくなり、強い射精感に襲われる。

——あ……もう無理。

限界がすぐに来た。

感じすぎて窒息しそうになる。我慢できない。

「出そう……」

「いいぞ」

腰が熱い。

狭い管の中を熱い精液が駆け上っていくのが分かる。

——気持ちいい……。

伊武が手を握ってくれる。体ごと投げ出されそうな快感に耐える。

伊武の手につかまりながら惣太は甘い絶頂を迎えた——。


ひと息置いて伊武の膝の上に戻る。座位は伊武が好きな体位だ。顔が見えるのがいいと言う。

この後のセックスの予感に頭がぼうっとした。

「もっとこっちへ」

「……ん」

伊武の首の後ろに腕を回す。舌を絡めて吐息を合わせながら伊武の熱を探る。

「自分でできるか?」

頷いて伊武の根元を握る。片足を上げて、そのまま自分の後孔に導いた。己の体重を掛けながら大きな亀頭を受け入れる。

「あっ……」

一番太い所で戸惑って腰を引くと、伊武に脇腹を持たれて挿入を促された。なんとか飲み込むものの、雁首の太さに柔壁がきゅうっと蠢く。

「そこがいいのか?」

「ちがっ――」

「いいぞ」

途中で止まった惣太に伊武が勘違いをする。腰を持たれて、太い亀頭で前立腺をごりごりと擦られた。

「ああっ……んっ……あっ……」

逃げることも奥に迎えることもできない。ダイレクトな快感に息が上がる。伊武の膝の上で踏ん張っても体幹が意味を成さなかった。

――苦しい。でも……気持ちがいい。

たまらず伊武の肩に爪を立てる。

「気持ちよさそうな顔をしてるな。可愛い……」

「深く……」

「ん?」

「深くしていいから――」

このままは嫌だ。けれど、強く倒れ込むと伊武に串刺しにされてしまう。それだけは避けたいのにどうしたらいいのか分からない。

――動きたいのに……動けない。

伊武が抽挿するたびに自分の性器から透明な腺液が溢れ出た。

「やっ……ああっ……やめっ……」

「しばらくこのままだ」

自分の体液が伊武の腹を汚しているのを見るのが辛い。他まで漏らすのは嫌だ。この責め苦にどうしても抗いたい。

惣太は意を決して、自ら腰を落とし始めた。じりじりと亀頭が押し進んでくる。その焦れるようなスピードにも感じてしまう。

「奥まで挿れてもいいのか？」

「いいから——」

もうどちらに進めばいいのか分からない。隘路《あいろ》を無理やり開かれて道を作られ、支柱のようにぴったりと嵌められる。脚の力を抜くと刀身が鞘の所まで入ってきた。いっぱいすぎて一ミリも動けない。

——熱くて硬い。……奥がきつい。

いつもこの瞬間だけ、どうしてこんなことをしたんだろうと後悔する。逃げられたのに、と思ってしまう。痛くて苦しくて動いてほしくない。けれど、すぐに痛みの中に甘い快楽を見つけてしまう。

馴染んだのを確認したのか、伊武が惣太の腰を取ってさらに奥へと攻め込んできた。もうこれ以上無理だと思っていたのに、未知な場所まで容赦なく突き込まれる。

「もう無理っ……」

「痛いのか？」

「そうじゃなくて――」

惣太の表情を見た伊武が動きを止めた。ぎゅっと上半身を抱き締められる。

じっとしていると、より体温や大きさを感じる。

動かなくてもいい。

――挿れているだけで気持ちいい……。

けれど、止まっただけでこれから逃げられるわけではない。

硬い輪郭からわずかな脈動を感じて腰が疼いた。反動で締めつけると、うっかり熱いものに触れた時のように体がビクッとなった。あまりの大きさに汗がじわりと滲む。

もうどうしようもない。この状態から逃げるには、欲を吐かせて小さくさせて、抜いてもらう他ないのだ。

伊武に無茶苦茶にされる覚悟を決める。

「動くぞ」

座位のまま腰を使われた。上下に激しく揺さぶられてあられもない声が洩れる。腕を外そうとすると元の位置に戻された。そのまま両足首を伊武の腰の後ろでクロスするように導かれる。

もう抵抗ができない。

伊武の思うように抜き差しされる。

中でぐちゅっと音がしそうなくらい深々と埋め込まれる。

「あぁっ……変になるっ……」

音と匂いと、伊武の言葉、行為の全てが惣太を酩酊させる。

——何も考えられない。

気持ちよすぎて頭がおかしくなる。

揺れに体を任せて快感だけを追った。

——あ……すごい……。

自分はなんて凄い人間になったのだろう。欲深い人間になってしまったのだろう。

伊武が与えてくれる快感を余す所なく受け入れ、愉しんで、もっともっとと求めてしまう。痛いのも苦しいのも、全部欲しくなる。気持ちよくて幸せでしょうがない。

「あっ……」

「奥が柔らかくなったな」

ぎりぎりまで引き抜かれてまた穿たれる。亀頭がぞろりと出ていくのも、肉を掻き分けながら入ってくるのも気持ちいい。浅い場所も深い場所も同じくらい感じてしまう。

徐々に背中が反る。開いた隙間に伊武が手を入れた。抽挿を続けながら惣太の昂ぶりを握ってくる。

「嵌められたまま触られるの好きだよな。先生はどうされたい？」

意地悪な質問だ。答えずにその背中にしがみつく。

自分の体液で濡れたペニスを激しく扱かれて、息が止まりそうになる。二つの快感に耐え切れなくなった。

「んっ……ソファー汚しそうだし……まだ達きたくない」

「先生に汚されるなら本望だ」

「意味が……分からない……」

伊武の愛情が杭となって、惣太の内側に次々と快楽を打ち込んでくる。背中を反らした瞬間、乳首をちゅっと吸われた。

——ああ、もう。

気持ちよすぎて限界だ。何も言わず射精したい。

惣太が腰をぶるっと震わせると何かに気づいたのか、伊武が勃起の根元を指で締めつけてきた。茎はビクンと跳ねたものの堰き止められたせいで吐精できない。重い熱が下半身に溜まる。

「やっ……」

「苦しくても我慢した方が気持ちがいいはずだ」

「もういいから……」

惣太が泣いて訴えても聞き入れてもらえなかった。

手と唇とペニスで追い込まれる。多すぎる刺激に自分の処理能力が追いつかない。このままでは脳がシャットダウンしてしまう。

「あっ……もうっ——」

脇の下から左腕を回されて肩をつかまれる。惣太が逃げないように体を固定したまま突き上げられた。

肉体と理性がぐちゃぐちゃに混ざって溶け崩れていく。誰か助けてほしい――。

ふと意識が遠くなった。

何も知らなかった頃の自分が、なぜだろう……そこに見えた。

伊武に会う前の自分。自己完結している男の姿。

頑なで不器用で、どこか寂しい背中が見える。

唇を一文字に引き結んで懸命に仕事をしている。誰のことも見ていない。目の前のことで必死だからだ。

――間違っていない。間違っていないけれど。

大丈夫だと声を掛けてあげたくなった。

すぐに世界が変わる。特別な出来事が起きる。それを自分は受け入れるのだ。

――なんか……懐かしいな……。

伊武と出会って色んなことを知った。

この世は美しいということ。

愛する人がいるだけで世界が違って見えること。

そして、自分も愛する人の世界を変えられるということ。

安心していい。

これから出会う男は、驚くほどたくさんの愛を持っているから――。

「好きです……」

「ん？」

「大好きです」

「俺もだ」

「これからも――」

「愛してる、惣太」

今日のことを思い出す。

何気ない日常、ありふれた時間、いつも二人で座っているソファーの上での小さな戯れ。

再びのプロポーズの言葉が嬉しかった。

答えはもちろん、ＹＥＳだ。

これから続いていく時間。ずっと続いていくこと。

二人でいることが日常になってもお互いの存在は特別だ。

永遠に――。

伊武の動きが激しくなる。惣太は伊武に身を任せた。

伊武の指が惣太の肩に食い込む。同じように惣太の脚が伊武の腰に絡みつく。

体が震えた。

限界がそこまで来ている。

――あ……波……。

快楽が大きな波になって惣太に押し寄せる。伊武も同じだろう。

防波堤が決壊するまで時間は掛からなかった。

「あっ……いくっ……っ――」

「惣太っ！」

意識が飛ぶ。

世界が白くなる。

体の奥で伊武が弾けたのが分かった。

同時に指の拘束が解かれ惣太も自身を解放した。

――熱い……。

中も胸も熱い。

お互いが放った液体で快楽が極まり、目が眩んだ。

「惣太」

「ん……」

無言のまま抱き合う。

大きな幸せに包まれた。

――本当に幸せだ。

光の中で静かに抱き合う。

しばらくの間、二人はそうしていた――。

9. 種を蒔く日

ドッグランの日から数日後、伊武のもとに一通の手紙が届いた。

差出人は不明。

小さなメッセージカードと花の種が入っていた。

メッセージは英語で〝幸あれ〟。花の種はマリーゴールドだった。

名前を聞かなくても分かる。芳江だ。

マリーゴールドは多分、茉莉のことだろう。

別れと新たな旅立ち、感謝の言葉。全てがそこに込められている。

惣太と伊武は本家の庭にこの花の種を蒔くことにした。


爽やかな九月の昼下がり。

風に初秋の匂いが含まれていた。胸いっぱいに吸い込むと、心まで秋の優しさが浸透していく気がした。

本家に向かうと松岡と田中が出迎えてくれた。風神と雷神もいる。皆で協力しながら屋敷の倉庫を探った。スコップやシャベルを取り出して庭へ向かうと、悠仁と茉莉が遊んでいた。犬の正宗も嬉しそうに走っている。

本家の庭園――橋の掛かった池の奥には、倒木でできた天然のプランターと煉瓦で囲われた花壇があった。今はそこに白いコスモスだけが咲いている。

「この辺でいいですか?」

惣太は松岡に尋ねた。

松岡は花壇の隅を指して、この辺りはどうかと伊武と相談している。伊武の許可が下りて、惣太はスコップを花壇に差した。サクッと小気味よい音がする。手つかずの土の匂いが心地いい。

「ねえ、せんせーなにしてるの?」

「ここにお花の種を蒔くんだよ」

「まりもやりたい!」

茉莉が言うと、「ゆうじんも!」と走って近づいてきた。

二人は小さなシャベルを手にしている。田中が渡したようだ。

みんなで協力しながら土を起こす。するとスコップの先に何かが当たる音がした。

「ん?　なんだろう……」

「先生、どうした?」

「なんか変な音が……金属音とは違うけど」

「音か?」

「中に何かあるのかも……」

「見てみよう」

伊武が花壇の前にしゃがみ込んだ。手で土を掻き分ける。すると中から白いものが出てきた。なんだろう。白いシンバルのように見える。

「あ、あーっ！」

風神と雷神が大きな声を上げる。同時に正宗がワンと大きな声で鳴いた。

「盃……よかった」

「ああ、ここにあったのか」

伊武が取り出したものを見て、風神と雷神が抱き合っている。どうしたのだろう。感極まって泣きそうな雰囲気だ。

「よかった、あってよかった！」

「俺たちのせいじゃなかった」

「な、そうだよな。俺たちじゃないよな」

二人は抱き合いながらうんうんと頷いている。顔が近い。仲良しだ。付き合っているのだろうか。

「どこを探してもないと思っていたら、こんな所にあったのか」

伊武が苦い顔をしている。そのまま正宗の顔を見た。

「犯人はおまえだな」

「ワン！」

「……返事だけはいいな」

正宗は舌を出して嬉しそうに笑っている。得意げな顔だ。「へっ、大事なもんなんで、あっしが隠しておきました！」とでも言っているのだろうか。

「本当にバカ正宗だ」

「ワン！」

正宗の声が響く。

伊武が風神に盃を渡すと、二人は大事そうに持って屋敷へそそくさと戻った。

「驚いた……」

「だな」

伊武と目を合わせる。

とりあえず伊武組が代々大切にしている盃は無事だったようだ。惣太もホッと胸を撫で下ろす。

まさか正宗が土の中に隠したとは思わなかったが、犬の習性なので仕方がない。

残りのメンバーで土をさらに掘り起こした。すると、今度は田中が声を上げた。

「ああっ！」

「どうした?」

「惣太先生とお揃いのストラップが！　喰ったんじゃなくて、こんな所に隠してたのか」

田中が取り出したものを正宗に見せつける。確かにそれは惣太と田中がお揃いで買ったマカロンのミニチュアストラップだった。正宗は知らないという顔をしている。

「これは食いもんじゃないぞ！　バカ正宗」

「ワン！」

田中にまで罵倒される。けれど正宗は嬉しそうだ。

褒められたと思っているのだろうか。

皆、本心では正宗のことを可愛がっている。犬の猫可愛がりだ。どんな生き物でも手放しで溺愛するとこうなる、その見本みたいな犬だった。

いや、バカだからこそ可愛いのだろう。それを知ってかあざとい犬だ。今も盛大にへらへらしている。

「これは俺が預かっておこう」

伊武は田中の手からストラップを取り上げた。何事もなかったように自分のポケットに仕舞う。

「あ、カシラ、それ――、……もう」

田中は仕方がないという顔をして小さく溜息をついた。それを見た松岡がクスクスと笑っている。

今後は伊武にバレないものをお揃いにしよう。惣太が目配せすると田中が頷いた。

「まだまだ出てきそうだな。種を蒔く前にもう一度、確認するか」

伊武が声を上げる。

皆で協力しながら土を掘った。

土が柔らかく解れていく。腐葉土や培養土も混ぜて準備を整えた。

自然と触れ合っていると、あっという間に時間が過ぎていく。作業を終えた惣太が伊武に話し掛けた。

「何も出なかったですね」

「本当だな。ドスやチャカが出てきたらそれはそれで問題だ」

――ドスやチャカ？

伊武なりのヤクザジョークだろうか。

笑っていいのかどうか分からず、惣太は曖昧な微笑みを返す。

「じゃあ、みんなで種を蒔きましょう」

惣太が種の入った袋から、茉莉と悠仁、伊武と田中の手のひらに中身を出す。それぞれが穴に種を落として上から土を掛けた。

「すごい。できた！」

「たのしみだね」

茉莉と悠仁が笑顔で顔を合わせている。

「まりのはな、きれいにさくといいな」

「ゆうじんのも」

悠仁はしゃがみ込んで自分が植えた花壇を見つめた。すると茉莉が声を上げた。

「ゆうじんはそっち、まりのはこっち！」

「ちがう！　まりはこっち、ゆうじんはそっち！」

「だから、まりのはこっち！　ゆうじんはそっち――」

二人は何やら言い合っている。花が咲くまで覚えていられるだろうか。

「綺麗だな……」

伊武が空を見上げる。

九月の透き通るような青空が広がっていた。

心まで透明な気持ちになる。

「あ、じゃあ俺が片付けてきます」

惣太は伊武と松岡と田中に声を掛けた。

シャベルとスコップを裏庭にある倉庫へ運ぶ。ついでに水の入ったジョウロを持ってこようと思った。

道具を倉庫へ片付けてふと屋敷に目をやると縁側に人が立っているのが見えた。

――誰だろう。

気になって目を凝らすと和服姿の男性だと分かった。こっちへおいでと軽く手招きしている。なんだろう。惣太はそのまま縁側に近づいた。

男性が声を掛けてくる。

――あ……この人……。

惣太があっと思う前に「高良先生」と呼ばれる。

その人は実家の和菓子屋である霽月堂ですれ違ったあの男だった。

確かあの時も着物で……ハンカチを拾ってあげた気がする。

今日も品のいい大島紬を着ていた。色は濃紺だ。普段着でもある紬がなぜか正装に見える。

「先生だな」

「あ、あの――」

「いい。そんな畏まらないでくれ。すぐに消える」

「そんな――」

言葉に詰まる。挨拶をと思うのに何を言ったらいいのか分からない。

とりあえず頭を下げて名前と職業を名乗った。

「だから、もう知っている」

「すみません」

惣太がそう言うと男は笑った。その笑顔が伊武にそっくりで驚いた。

「征一郎の父親の平次郎だ」

――やっぱりお父さんだったんだ……。

そう思った瞬間、伊武組の組長なんだと思い、緊張がまた強くなる。

あわあわしているとまた男が笑った。

「大丈夫だ。気にしないでくれ。いつもの自分でいい。分かったか？」

「あの……はい」

男がすっと真面目な顔になる。

その顔に貫禄と懐の深さを感じた。さすが伊武組の組長だ。目に虎のような生命力が宿り、長身の体には龍のような威厳と風格があった。背負っているオーラがタダモノじゃない。伊武が年を重ねたらこんなふうになるのだろうか。
「先生は息子と結婚するのか？」
「えっ！」
結婚の二文字に思考が停止する。
一体、どうなっているのだろう。
二人が付き合っていることを知っているのだろうか。
いや、そもそも、なぜ惣太のことを知っている。
先生ということは、少なくとも伊武の担当医だったことは知っているようだ。
実家の和菓子屋は偶然だったのか、いや、知っていたのか。
――でも、結婚？
なぜその言葉が出る。訳が分からない。
頭がぐるぐるする。
オーマイゴッドファーザー。
……組長だしな。
違う。ふざけている場合か自分。
ここは落ち着いていこう。うん、そうしよう。
短い間に様々な言葉と思いが駆け巡る。もうこの場に倒れてしまいそうだ。
「先生？」

「いえ、あのっ……」

「先生は息子のことが好きなんだよな?」

「はい!」

海兵隊並みにいい返事が出た。エコーの掛かったテノールの「はい」が周囲に響き渡る。しばらくして青空に消えた。

何か言わなければと思い、そのまま言葉を繋げる。

「いぶっ……伊武さん……あ、せ……征一郎さんと真剣にお付き合いさせて頂いています。征一郎さんのことを心から愛しています。けっ……結婚はまだ分からないですが、それも視野に入れて長期的な関係を結んでいきたい所存です!」

最後の方は何かの決意表明のようになってしまったが、なんとか言い切った。

体が熱い。全身にびっしょりと汗をかいている。

組長は軽く頷くと惣太の目を真っ直ぐ見た。

「まず礼を言う。息子の脚を治してくれたそうだな。先生でないと無理な状態だったと家内から聞いた。本当にありがとう。先生のおかげで息子は脚を失わずに済んだ」

「いえ、そんな」

「それと――」

ふと風が吹く。

組長が目を細めた。

「なんの取り柄もない息子だが、気持ちは真っ直ぐで優しい子だ。これからもよろしく頼む」

それだけ言うと惣太の答えを待たずに縁側の廊下を歩いていった。

惣太は胸がいっぱいで男の後ろ姿を目で追うだけで精一杯だった。

――気持ちは真っ直ぐで優しい子だ。

それは誰よりも知っている。

だからここまで来れたんだ。

本当に来れた……。

――こちらこそ、ありがとうございます。

目尻に涙が滲む。

感謝の気持ちを込めて、惣太は見えなくなった背中に深々と頭を下げた。


ジョウロに水を入れて戻ると皆が待っていた。

惣太は双子にジョウロを渡した。

茉莉と悠仁が代わる代わる花壇へ水をかける。

土はしゅわしゅわと音を立てながら美味しそうに水を飲んだ。

二人の笑う声が聞こえる。ふと静かになった。

「おはな、ちゃんとさくかな……」

「ゆうじんのもさくかな」

茉莉と悠仁はじっと花壇を見つめている。不安そうな顔の二人に伊武が声を掛けた。

たくさんの愛情を掛けると花は綺麗に咲くのだと。

それを聞いた二人が、土に向かって「がんばれー」と声援を送り始めた。両手を筒の形にして
「おはなさんがんばれー」と一生懸命、話し掛けている。

その姿を大人たち四人が優しく見守った。

――問題ない、大丈夫だ。

惣太は空を見上げた。

これから伊武の家の庭には鮮やかなマリーゴールドが咲くだろう。

たくさんの愛に包まれた綺麗な花が――。


『ファーストコール4 ～童貞外科医、年下ヤクザの嫁にされそうです！～』につづく

紙書籍限定
書き下ろし
ショート
ストーリー

愛の弾丸を守れ！

誰かと暮らせるのは本当に幸せなことだ。

好きな人が家にいる――たったそれだけの事実が自分を幸せにしてくれる。

家に帰る時の高揚感。相手が帰ってくるのを待つ楽しみ。

ただいまとおかえりが言える幸せ。

朝起きて誰かが横にいる安堵感。休みの日、ずっと一緒にいられる充足感。

何か起きたらすぐに相談できること。一緒に食事ができること。

そして、この生活が続く未来を当たり前のように信じられること――。

伊武と暮らすようになってから、日ごとに幸せを感じている。

二人で作る幸せは目減りしていくものではなく、色褪せていくものでもなく、知らないうちに積み重なっていくもののようだ。

――なんか不思議だな。

己を常に変化させながら前に進んできた惣太にとって、ありのままの自分を積み重ねることで形作られる幸せがあったのかと思い、驚く。

それだけではない。

日常の些細な出来事から生まれるストレスや孤独を伊武が癒してくれる。気づかぬうちにできた心の傷を埋めてくれるのだ。

一日の終わりに滑らかなクリームが革靴の皺を消してくれるように、夜、伊武による修復作業が行われる。作業といっても惣太は気づかない。ベッドに入った時の背後からの柔らかいハグがそれだからだ。

今日は先に休んでおいてと連絡したせいか、伊武は気を遣って寝てくれていた。

惣太はシャワーを浴びて清潔なパジャマに着替え、伊武が寝ているベッドの横へ入った。

暗い部屋のため伊武の表情は見えなかったが、それでも分かった。伊武は寝ていない。惣太がふうと溜息をついた時、背後から優しく抱き締められた。

——おやすみ、先生。

声は聞こえなかったが、伊武がそう言っているのが分かった。

——ありがとう。おやすみ。

惣太は返事の代わりに、回された伊武の腕に軽くしがみついた。

夜に言葉を交わせないような忙しい日々が続く。

その週末、仕事を終えてスマホを見ると伊武からメッセージが届いていた。

体調がよくないのでしばらくの間、本家に戻るという。

そういう時こそ相手を支えられる間柄でありたいと思っていた惣太は、すぐに伊武と連絡を取った。どうやら発熱と全身の倦怠感があるらしい。伊武は「先生に病気をうつしたくない」と何度も繰り返し、熱が下がるまで本宅で治すから大丈夫だと言って聞かなかった。

様子がおかしい。

なんの病気か分からない状態でうつすもうつさないもないと思ったが、そもそも感染する病気なら抵抗力の弱い子どもの茉莉や悠仁の方が危ない。惣太が尋ねると、双子には絶対にうつらないから大丈夫だと言う。全く要領を得ない。不審に思った惣太は次の日、伊武組の本宅へ向かった。


「せんせ、きたの?」

いつものように風神と雷神に挨拶を済ませて本家の和室へ向かうと、悠仁が小走りで近づいてきた。可愛い。嬉しそうな顔で抱っこを求めてくる。抱き上げると前よりも少し重くなった気がした。

「悠仁、元気そうだな」

「うん」

悠仁は返事をしながら惣太の胸に頬を寄せてきた。惣太の匂いを嗅いで安心しているようだ。しばらくそうしていると茉莉が廊下の奥から近づいてきた。

「ねえ、パパがたいへんなの!」

「え?」

「おかおが、パンパンになったの。おっきなアンパンマン……ううん、パンパンマンよ!」

身振り手振りを加えながら茉莉が説明してくる。既存のキャラクターをモジった呼び方が子どもらしくて可愛いかった。

――パンパンマン……か。

嫌な予感がする。

なんとなく伊武が自分を避けている理由が分かった気がした。

惣太は抱いていた悠仁を一旦降ろして、和室の奥へ向かった。

襖を開けると案の定、畳に敷かれた布団が大きく膨らんでいる。蓑虫のようだ。惣太はその膨らみに向かって声を掛けた。

「伊武さん」

「…………」

「伊武さんですよね？　大丈夫ですか」

「…………」

返事がない。この期に及んで別人を気取るつもりだろうか。

「もう分かってますから」

「……田中と松岡が止めなかったのか。全く、二人とも役に立たないな」

低く訴えるような声が聞こえる。けれど、その声にいつもの元気がなかった。惣太が思っているよりも体調が悪そうだ。

「顔を見せて下さい」

「嫌だ。断る」

「全く、子どもですか」

「なんでもいい。とにかく今日は帰ってくれ。俺は平気なんだ」

そうは見えない。会話も芋虫の動きも酷く緩慢だ。

「先生にうつるかもしれない」

「多分ですけど、うつらないですよ」

「そんなこと、分からないだろう」

「分かります」

惣太は布団の隙間から手を入れた。伊武のガードも虚しく簡単に脚に触れられる。その布越しの太腿が驚くほど熱かった。

「発熱してますね。それも四十度近くある」

「そんなには、ない」

「ちゃんと測りましたか?」

「ああ」

「もう一度、測って下さい」

「とにかく……いいんだ」

このままでは埒が明かない。

惣太は意を決して伊武の上掛けをバサリと捲った。抵抗はあったが胸の上までは捲ることができた。伊武の顔が現れる。

「……やっぱり」

「み、見るな！」

伊武の両方の耳下腺はパンパンに腫れ上がり、下膨れのおかめ顔になっていた。

――やっぱり、おたふくか。

〝ザ・おたふく風邪〟と言える、誰が見ても分かる症状だった。それも学会誌に載っていそうな記念すべき大人バージョンだ。

「ああ、こんな無様な姿を先生だけには見られたくなかった……」

伊武はそう言いながらくるりと裏を向いた。今更遅い。

「伊武さん」

「水玉ヤクザの次はおたふくヤクザなんて、神様は酷いことをする」

「神様に責任転嫁しないで下さい。バチが当たりますよ」

「どうしてだ」

「どうしてもです」

「先生の前ではいつもカッコいい俺でいたいんだ。それが俺のアイデンティティーなんだ」

「そんなわけないです」

「先生に嫌われてしまうなら、俺は一生表を向かない。絶対に嫌だ」

「その方が嫌われますよ」

「構わない」

「本末転倒です」

「これでいいんだ」

あれこれ言いつつ、何があっても腫れた顔を見せたくないんだと分かる。そんな伊武に声を掛けた。

「伊武さんはもう俺の伴侶じゃないですか」

「…………」

「家族ってきっとお互いに迷惑を掛けあう存在なんです。こうやって迷惑を掛けてもいい存在なんです。伊武さんが駄目な時は俺が、俺が駄目な時は伊武さんが、そうやってお互いに助けあって生きていきましょうよ」

「…………」

「カッコ悪いところは見せないんじゃなくて、そういう時こそ相手を信じて、思いっきり頼るんです」

これまでもそうだった。

相手の力になって、役に立って、時には迷惑を掛けつつ助けあってきた。

伊武に助けてもらったこと。掛けてくれた言葉、向けられた愛情の数々。それらは全て惣太の宝物だ。これからもずっとそうしていきたいと思っている。家族はきっと、そうやって順番に迷惑を掛けあう存在なのだ。

伊武は黙り込んでいる。

「おたふくって漢字で書くと『御多福』ですから。きっといいことがありますよ。これは何かの厄落としかもしれません」

「変な慰め方をしないでくれ。俺はまだハートブレイクの最中だ」

「知りませんけど」

溜息が洩れる。伊武の頑なさは相当なものだった。

検診できる状態じゃない。けれど、このまま帰るわけにはいかない。診ないことには、本当に大丈夫かどうか判断できないからだ。

「茉莉と悠仁は大丈夫なんですね?」

「二人は予防接種をきちんと済ませている」

「……伊武さんは子どもの頃、受けなかったんですか?」

「覚えてない」

「とにかく上を向いて下さい。全身の状態を確認しますから」

おたふく風邪に特効薬はない。治療は対症療法のみで一度感染すると自力で治すしかない。

その上、大人は子どもに比べて重篤化しやすいので危険だ。難聴や無菌性髄膜炎、脳炎や膵炎、精巣炎などの重い合併症を起こすこともある。

「男性の場合、精巣炎になると後々、大変なことになりますよ」

「大人の男がおたふくになると種なしになるという、アレか――」

「……そうです」

伊武の絶望度が増した。

部屋の空気が一気に重くなる。

「ああ、もう駄目だ……」

伊武が自らの頭を抱えた。その隙に全身状態を素早く視診する。背後から耳下腺や顎下腺に触れた。確かに腫れが酷い。発熱もしている。

「水分は取れていますか？」

「この世で種なしになっていいのは、ぶどうとスイカだけだ」

「伊武さん？」

「関東極道の雄、伊武組若頭が種なしなんて……ああ」

ショックのせいか惣太の声が耳に入らないようだ。

惣太は和室の出入り口を振り返ると、田中と松岡を呼んだ。

とりあえず新しい氷枕とタオル、体を冷やすための保冷剤と飲み物を持ってきてもらう。着替えのパジャマも一緒に頼んだ。

「ちょ……カシラ、ダイジョブっすか？」

氷枕を持った田中が和室の中へ入ってくる。松岡も後ろに続いた。

田中は枕を持ったまま俯せの伊武に声を掛けた。

「カシラ？」

「冷やしてくれ」

「え？」

「頼む。俺のタマを冷やしてくれ」

「どうしたんすか？」

「その氷枕で俺のタマを冷やすんだ」

「は？」

「種なしヤクザになるのだけは嫌だ」

「なんすか、それ」

「早くするんだ」

二人の会話は一向に噛み合わない。

その田中の後ろでパジャマを持った松岡がクスクスと笑っている。

「種なしプリンスと言うと、まるで新種のマスカットのようですね」

フフフ、名称までお美しい、と嫌味を言った。

「くそ」

「失礼いたしました」

松岡は手で口元を押さえながらまだ笑っている。

「涼輔……それ以上、笑ったら息の根止めるからな」

「どうぞ、お好きになさって下さい。着替えの服、ここへ置いておきますね」

松岡は涼しい顔でそう言うと惣太の隣へ座った。

「カシラ?」

「先生、俺はもう駄目だ……」

「じゃあ、本当に駄目かどうか確認しますね」

ここからは本気だ。

惣太は裏返って頭を抱えている伊武のズボンと下着をずらして、睾丸をまじまじと確認した。

大人の男がおたふく風邪に罹ると子種がなくなるというのは都市伝説に近い話だが、全くの嘘ではない。

精子を作る細胞は熱に弱いため、高熱を出すと一時的に造精機能が低下する。だがほとんどの場合、体調が戻れば精子の数も元に戻る。心配なのは精巣が腫れ、重篤なムンプス精巣炎を起こした時だ。

炎症を起こして精巣が腫れると、その数ヶ月から一年後に精巣が萎縮することがある。そのまま両方の精巣が萎縮してしまうと無精子症になってしまうのだ。

「ああ、もう終わりだ……」

「伊武さん、静かに」

心を落ち着けて伊武の睾丸を触診する。むんずとつかんだ後、優しく握り込んだ。腫れや拘縮がないか調べる。

「心配は無用です。伊武さんの玉は俺が守りましょう」

変に気合が入ったのか、そんな言葉が口を突いて出た。何かの使命感だろうか。

『タマを取る』んじゃなくって、『タマを守る』って、なんかカッコいいっすね。さすが惣太先生、俺たちの姐さんです。尊敬します！　もう伊武組幹部の一員っすね。俺は今、感動しまくってます！」

田中は〝四つん這いの若頭が男にタマをつかまれている〟という異様な光景をものともせず目をキラキラさせている。

やかましいわ、と思いつつ、伊武の睾丸を丁寧に触診した。

陰嚢――つまり袋の部分は複数の筋肉から成り立っている。分かりやすく言うと、男の金玉は筋肉の十二単によって守られているのだ。スイス銀行よりも守りが固い。

玉と袋の間にはリンパ液があり、つかむと「とるぅん」と滑る。筋肉が自在に伸縮し、ある程度の自由が確保されているのは温度調節のためだ。

「どうですか？」

松岡が心配そうな表情で尋ねてきた。茶化しつつも、伊武組の種が絶えることは心配なようだ。

「確かに熱いですし、大きいですけど、腫れてはいないと思います。痛みもないようですし」

「そうですか。よかったです」

「いつもと同じ大きさなので――」

そこまで言って顔がカッと熱くなる。

松岡が「ああ、なるほど」という顔をした。田中は「愛っすね」と大きく頷いている。

気まずい。

非常に気まずい。

普段から伊武の睾丸を揉みしだいているのがバレバレではないか。

いや――

揉みしだいてはいないが、その質感や重量、硬さや大きさはすでに認識している。お互いに体の隅々まで知り尽くしている状態だからだ。

――ああ……。

でも、よかったと安堵する。

こうやって判断できるのも愛の積み重ねのおかげなのかもしれない。

だから、これを守るのは自分の役目だ。

医師として恋人として、未来に繋がる伴侶として。

未来永劫「伊武の玉は俺が守る」とそう誓ってみせよう。

――なんか、色々熱いな……。

惣太は遠い目をしつつ、伊武の睾丸を触り続けた――。


結局、伊武は大事を取って数日間、柏洋大学医学部付属病院に入院した。

解熱剤と点滴で様子を見て、発熱が治まったところで退院になった。

おかめ状態だった顔も元に戻りつつある。

睾丸ももちろん無事だ。

惣太が家でのんびりしているとインターフォンが鳴った。

室内モニターを見なくても分かる。

――伊武だ。

ドアを開けると伊武が笑顔で立っていた。

「先生、ただいま」

「おかえり」

そのまま伊武にそっと抱き締められる。

大きな体と温かい体温に包まれて、知らないうちに甘い溜息が洩れた。

――幸せだ。

こんな些細なことが幸せだと思う。

やっぱり好きだ。

大好きだ――。

心臓の裏側がじんわりと温まった。

「こうやって、ただいまが言えるのは、いいな」

「ですね」

伊武の胸に顔を埋めたまま、惣太は本当に言いたかったことを口にした。

「次は家を出て行かないで下さいね」

「…………」

「どんな姿になっても俺の傍にいて下さい。伊武さんの家はここですから」

「そうだな」

「伊武さんの居場所も」

「ああ」

「帰ってくるのはここです」

惣太はしばらくの間、伊武の腕の中でじっとしていた。

この場所が自分の本当の居場所、心の安寧の場所だ。だから俺は――。

心の中で「ただいま」と小さく呟いた。

目を閉じながら、今日、伊武のもとに帰ってきたのは自分自身なのかもしれない、とそう思った。

《了》

あとがき

皆様こんにちは、谷崎トルクです。

最後までお読み頂きまして、誠にありがとうございます。

第三巻、いかがでしたでしょうか？

今作のテーマは〝家族愛〟でした。

双子の茉莉と悠仁はもちろん、その両親である佐有里と英照、続く二人の家族、そして惣太の義理の姉、伊武の父――とお話の中で様々な形の家族愛がリンクします。

惣太自身も伊武さんと家族になることに戸惑い（なんせ色んな意味でのファミリーなので）迷いながら、双子の両親が残した愛の中に自分の答えを見つけていきます。

個人的には、始めと終わりにちょこっと登場する組長――伊武さんのお父さんを書けたことが嬉しかったです。

伊武さんも惣太先生も家族に溺愛されて育ったキャラクターですが、執筆しながら、親にとって子どもは幾つになっても可愛い子どものままなんだなあと、しみじみ思いました。

「なんの取り柄もない息子だが、気持ちは真っ直ぐで優しい子だ。これからもよろしく頼む」

これは伊武パパの言葉です。

父親にとってはヤクザの若頭である伊武さんも、可愛い一人の息子にすぎないのだと思えて、じんわりした台詞でした。みんな誰かの可愛い子どもなんだと思うと、また世界が違って見えますね。
伊武さんと惣太先生は相変わらず、ぐるぐるラブラブしていますが、かけがえのない幸せとは、当たり前の日々の中で小さな思い出を一つ一つ重ねていけることなのかなと、伊武ファミリーを見て思いました。
双子が飛ばした紙飛行機や、茉莉がドッグランで見つけた一輪の花、マリーゴールドの種のように、小さなことにも大きな喜びを見出せる人でありたいなと思います（実際は、お菓子のファミリーパックを独りで食べきってしまうような人間ですが……汗）。

大変光栄なことに、ファーストコールシリーズはエクレアコミック様からコミカライズ（作画：Ｕ－ｍｉｎ先生）して頂いております。小説とはまた違った世界観を楽しんで頂ける、完成度の高い漫画に仕上がっておりますので、こちらも是非お手に取ってみて下さい。

最後になりましたが、作品をお読み下さった皆様、素敵な挿絵を描いて下さったハル先生、ご指導を頂きました担当編集者様、全ての皆様に心より感謝申し上げます。

谷崎トルク @toruku_novels

書店にて好評発売中！

エクレア文庫

諦めたはずの身分違いの恋。
シングルマザーオメガの運命が、
再び動き出す——。

金獅子王の寵愛オメガは笑わない

柚月美慧 著／にむまひろ 画

獣人とヒトが共存する世界。オメガのヒト・サナは、最愛の恋人・セルディンティーナ王国の王太子で獣人アルファのガーシュインとの子を宿すが、身分の違いゆえに自ら別れを選ぶ。六年後、シングルマザーとなったサナのもとに、セルディンティーナ王国からの迎えがやってくる。

立派な国王に成長していたガーシュインとの再会、家族で過ごす幸福に心を震わせるサナだが、王宮での暮らしは幸せなことばかりではなく——。

ISBN 978-4-434-29203-3

オレ様なエリート獣人アルファ×
幸せを諦めたヒト族オメガの恋

偏愛獅子と、蜜檻のオメガ
～カースト底辺は獣人御曹司に囚われる～

伽野せり 著／北沢きょう 画

「アルファは、オメガを、守るためにいるんだ」

ヒト族オメガの大谷夕侑（おおたに ゆう）は、獣人アルファが通う学園唯一のオメガ奨学生。貞操帯を嵌め、発情期には『発情耐久訓練』の生き餌としてアルファ達の欲望を一身に向けられていた。

そんな夕侑の前に、寮長である獅子族のエリート御曹司・御木本獅旺（みきもと しおう）が現れる。彼は夕侑に"運命の番"の気配を感じていた。しかし獅子族にトラウマのある夕侑は到底受け入れられず……。

境遇の違うふたりが『幸せ』を見いだす、極上オメガバースストーリー。

ISBN 978-4-434-29332-0

エクレア文庫をお買い上げいただきありがとうございます。
作品へのご意見・ご感想は右下のQRコードよりお送りくださいませ。
ファンレターにつきましては以下までお願いいたします。

〒162-0814
東京都新宿区新小川町4-1 KDX飯田橋スクエア3F
株式会社MUGENUP エクレア文庫編集部 気付
「谷崎トルク先生」／「ハル先生」

エクレア文庫

ファーストコール3
～童貞外科医、年下ヤクザの嫁にされそうです！～

2021年12月17日　第1刷発行

著者：谷崎トルク
イラスト：ハル

発行人　伊藤勝悟
発行所　株式会社MUGENUP
〒162-0814 東京都新宿区新小川町4-1 KDX飯田橋スクエア3F
TEL：03-6265-0808（代表）　FAX：050-3488-9054
発売所　株式会社星雲社（共同出版社・流通責任出版社）
〒112-0005 東京都文京区水道1-3-30
TEL：03-3868-3275　FAX：03-3868-6588
印刷所　株式会社暁印刷

カバーデザイン●spoon design（勅使川原克典）
本文デザイン●五十嵐好明

Printed in Japan
ISBN 978-4-434-29694-9